Juliette Vallery Annabelle Fati Yomgui Dumont

LUCILE FINEMOUCHE & LE BALAFRÉ

TOME 1 LA DIMENSION CHRONOGYRE

ACTES SUD junior

Agatha Holmes
Lucile Finemouche
Hercule
James
Walter GornaZ
Cédric Lelièvre

Le Balafré
Allison Holmes
Harry Pastrami
Socrate
Elvyr Ozbaum

OÙ DÉBUTENT L'ENQUÊTE ET LA CHASSE AUX GADGETS

Impasse des Réverbères. Lumière glauque. Lucile avance d'un pas incertain. "Numéro 7, lui a dit le Balafré. Une grande maison de briques avec une seule fenêtre. Tu ne peux pas te tromper."

Le Balafré, c'est son fidèle associé et, sans lui, elle n'aurait jamais pu mener à bien toutes ses enquêtes, ni monter son agence de détectives privés, la confidentielle 3ID (Investigation Discrète, Indices Décisifs, Intrigue Dénouée).

Ce soir, cependant, Lucile avance seule vers le numéro 7 de l'impasse des Réverbères. Le Balafré a une autre mission à quelques pas d'ici.

Lucile s'arrête. Un chat lui frôle la jambe, puis disparaît dans la nuit.

"Brr, frissonne-t-elle, en regrettant amèrement sa chambre douillette et son énorme couette. J'ai le don de me fourrer dans les pires situations !"

La main un rien tremblante, elle sonne à un interphone et attend.

– C'est ouvert. Entrez !

Un pas en avant, trois pas en arrière... Il est encore temps de reculer.

Mais, chez Lucile Finemouche, la curiosité est toujours la plus forte et c'est son âme de détective qui l'emporte.

∞

Personne. Dans le grand hall de la maison, la voix de Lucile résonne :

– Heu... bonsoir, vous êtes par là ? Je ne vous vois pas...

– Désolée, je ne peux pas descendre. Suivez le chat, il vous mènera jusqu'à moi.

Un chat ! Quel chat ? Lucile baisse les yeux et reconnaît l'animal qu'elle a entraperçu dans la rue. Un peu pelée, la bestiole ! Elle n'en est sûrement plus à sa première souris. En voyant le matou raser le sol de son gros ventre mou, Lucile sourit et le suit. Un tour dans la cuisine, une traversée de salon à tâtons (pas de fenêtre, pas de lumière), une montée d'escaliers… et voilà Lucile devant l'entrée d'une petite chambre ouverte sur une bibliothèque.

Assise dans un fauteuil roulant, dos à l'unique fenêtre, une vieille dame l'observe derrière ses lunettes :

– Hmm… un peu jeune, non ? Qu'en dites-vous, Hercule ?

– Mawaw, miaule le matou, en sautant sur ses genoux.

Lucile fronce le nez, vexée :

– Premièrement, vous pourriez vous adresser à moi, pas à votre baleine de chat. Deuxièmement, je vous mets au défi de trouver dans tout Ménilville un meilleur détective que moi et…

La vieille dame l'interrompt, visiblement amusée :

– Je vois. Esprit téméraire, mauvais caractère. Parfait. Asseyez-vous, Miss Finemouche, je vais vous exposer l'affaire…

Faute de trouver une chaise, Lucile s'assied sur une pile de romans. Aussitôt, Hercule s'installe à ses pieds et commence à ronronner un air de moteur encrassé. Lucile le pousse un peu et sort son carnet de notes :

– Je vous écoute, madame…

– Holmes, Agatha Holmes.

– Agatha Holmes ! Le célèbre auteur de romans policiers ?

– Elle-même. Voulez-vous une tasse de thé ?

– Heu… oui, avec plaisir… Un demi-sucre, s'il vous plaît.

– Bon, reprend Agatha Holmes, commençons par le début. Avez-vous déjà lu un de mes romans ?

– Un de vos romans ! Vous plaisantez, je les ai tous dévorés ! Par contre, j'évite de les lire le soir…

– Peur des cauchemars ? Je vous comprends. Avez-vous déjà pensé que ce que j'écrivais pouvait arriver… dans la réalité ?

– Hmm… justement, marmonne Lucile un peu troublée. On y croit sans y croire, vous savez… Mais pourquoi me demandez-vous ça ?

– Parce qu'hier soir mon nouveau manuscrit a disparu. Et que, pour le dérober, le voleur a utilisé un plan que j'avais moi-même décrit dans mon dernier roman.

– Comment !

– Relisez le dernier chapitre d'*Araignée noire dans un manoir* et vous trouverez la description précise de ce qui s'est passé ici hier soir.

Tandis que Lucile recueille les propos d'Agatha Holmes en sirotant sa tasse de thé, son ami le Balafré pousse la porte du TSS (Top Secret Store pour les non-initiés). Quelques heures plus tôt, après avoir reçu à l'agence le bref appel de la vieille dame, Lucile et le Balafré s'étaient concertés.

– OK, on s'occupe de l'affaire, avait décrété Lucile. Moi, je file là-bas : 7, impasse des Réverbères, c'est bien ça ? Et toi, pendant ce temps, tu fais le plein de matériel chez TSS.

À l'entrée du magasin le plus tendance, mais aussi le plus caché, du monde ultra privé des détectives privés, une caméra articulée s'agite :

– Votre carte, monsieur, s'il vous plaît.

Le Balafré tend sa carte de l'agence 3ID.

– C'est bon, déclare la caméra, vous pouvez passer.

Autour du Balafré, les rayonnages fourmillent d'objets extravagants : rétro-lunettes pour voir derrière la tête, imperméable de camouflage en peau de caméléon, oreillettes à ultrasons captant toutes les conversations...

Le Balafré emporterait bien le magasin. Il a toujours eu un faible pour les gadgets à enquête. Mais Lucile lui a donné une liste bien précise.

Affaire des Réverbères :
- 1 stylo traducteur de messages codés
- 1 flacon de révélateur d'empreintes invisibles
- 1 loupe analytique, puissance 3 (grossit tout indice en rapport avec l'affaire dès qu'elle le repère).

– Rien que du classique, soupire le Balafré.

Il expédie son caddie à reconnaissance vocale à la recherche de ces accessoires, paye le tout puis quitte à regret le magasin en se promettant de commander des fly-rollers tout-terrain (pour course-poursuite sur bitume, neige, glace, mer et sable fin) à Noël prochain.

∞

À minuit tapant, Lucile et le Balafré se retrouvent au siège de l'agence 3ID avec un invité de poids, Hercule le chat, qui n'a pas voulu quitter Lucile d'une semelle. Pas mécontent de ses achats, le Balafré étale sur le bureau son matériel flambant neuf. Mais Lucile passe devant lui sans un regard et se met à fouiller dans son placard.

– Qu'est-ce qui te prend ? demande le Balafré.

– J'ai besoin d'un livre, répond Lucile, *Araignée noire dans un manoir*. Tu l'as vu quelque part ?

– Ben oui, marmonne le Balafré, c'est moi qui te l'ai emprunté. Je crois qu'il est dans la poche de ma veste.

– Donne-le-moi vite, dit Lucile. C'est la clé du mystère de l'affaire des Réverbères.

Surpris, le Balafré fouille dans sa veste et en tire un livre tout froissé, aux pages à moitié arrachées. Lucile l'attrape en grimaçant :

– Dis donc, tu l'as mis dans un drôle d'état, ce roman ! Bon, voyons, voyons… chapitre 7…

> La nuit glacée tombait sur le manoir. Dans son lit, Mrs Semolh était en proie à un cauchemar familier : l'homme au rictus de loup revenait la hanter... Son chat, les yeux mi-clos, semblait veiller sur ce sommeil agité. Au-dessus de lui, sur la table de nuit, était posé le précieux manuscrit. Un bruit soudain vint déchirer le silence : l'horloge du salon sonnait les douze coups de minuit. Mrs Semolh se réveilla en sursaut. Elle avait pourtant arrêté cette horloge avant d'aller se coucher ! Elle descendit au salon pour stopper le balancier, puis remonta comme une somnambule dans sa chambre. Mais un grand courant d'air frais la surprit. La fenêtre était ouverte et, sur la table de nuit, le manuscrit avait disparu.

– Récapitulons, dit Lucile en refermant le roman, si le voleur s'est bel et bien inspiré de ces quelques lignes pour s'emparer du manuscrit d'Agatha Holmes, on peut en déduire…

– … que le voleur connaît bien les livres d'Agatha Holmes ! s'écrie le Balafré, tout content.

– Belle conclusion ! rigole Lucile. Mais pourquoi un lecteur d'Agatha Holmes aurait-il commis un tel vol ? Pour le plaisir de se sentir l'un de ses personnages ? Pour connaître son nouveau texte avant tout le monde ? Pour avoir un scoop ?

OÙ UN MAJORDOME ANGLAIS APPORTE LE THÉ

Devant l'horloge du salon d'Agatha Holmes, le Balafré exhibe avec fierté les capacités de son révélateur tout neuf :

– Il y a eu du monde, par ici, commente-t-il. Des empreintes de toutes tailles ! Étrange pour la demeure d'une vieille dame solitaire.

C'est le plein après-midi et pourtant, l'ambiance est crépusculaire impasse des Réverbères. Derrière les murs aveugles de la sinistre bâtisse, à la lueur des candélabres, il pourrait aussi bien être minuit moins le quart.

Agatha Holmes lance un regard oblique au Balafré :

– Brillante analyse, jeune homme. Mais qui vous a raconté que je vivais seule ?

– C'est que… j'ai supposé que…

Lucile perçoit la gêne de son associé et, charitable, décide de parler d'autre chose pour lui sauver la mise :

– Dites, madame Holmes, ne le prenez pas mal, mais je n'ai pu m'empêcher de remarquer que vous êtes…

– Que je suis ?

– Eh bien… descendue.

– Plaît-il ? minaude Agatha, en caressant son chat affalé sur ses genoux.

Hercule, après avoir traîné la veille jusqu'à une heure tardive dans les pattes des détectives, semble savourer ce retour à ses petites habitudes.

"Quel pot de colle, ce chat !" songe Lucile, avant de reprendre :

– Descendue. En bas, quoi ! Hier, à mon arrivée, vous m'avez affirmé que vous ne pouviez pas descendre.

– Ah, ça ! C'était pour l'ambiance, bien sûr. Vous ne pensiez quand même pas que je ne mettais jamais les pieds au rez-de-chaussée de ma propre maison, si ?

S'efforçant d'agir en vraie professionnelle, Lucile se retient d'exprimer à la vieille dame ce qu'elle pense de ses excentricités d'écrivain. Elle prend une grande inspiration et raye une note dans son carnet :

– Pour l'ambiance… OK, voilà déjà un point d'interrogation en moins.

– Mais oui ! renchérit le Balafré, levant le nez des empreintes qu'il a fini de mesurer. (Il est comme ça, le Balafré, quand il a compris quelque chose, il le fait savoir.) Dans votre bouquin, Mrs Semolh descend les escaliers pour arrêter la pendule… Et vous, vous… euh, comment descendez-vous, au fait, avec votre fauteuil roulant ?

Agatha Holmes hausse les épaules :

– Un bête système de glissière électrique dissimulé dans la rampe, sur lequel se fixe mon fauteuil. Je ne mets pas plus de cinq minutes pour arriver en bas.

– Cinq minutes pour descendre, cinq pour retourner à l'étage… et une ou deux pour arrêter la pendule en bas, n'est-ce pas ? Diriez-vous que vous avez été absente de votre chambre pendant environ douze minutes ?

Agatha acquiesce. Le Balafré a rangé son révélateur et entreprend à présent de scanner les objets du salon avec sa loupe analytique. Pas facile dans la pénombre. Et l'objet, capricieux, semble sans cesse revenir au cadran de l'horloge.

"Douze minutes..." songe Lucile. Après avoir fait sonner l'horloge et s'être assuré qu'Agatha Holmes descendait, le coupable avait eu douze minutes pour sortir de la maison, escalader la façade, ouvrir la fenêtre, s'emparer du manuscrit et disparaître. À moins qu'il ait bénéficié de l'aide d'un complice...

– Revenons aux empreintes, poursuit Lucile. À part vous et Hercule, quels sont les habitués de la maison ?

– Oh, Hercule va et vient, vous savez. Par ailleurs, en ce moment, j'héberge ma nièce, Allison. Une enfant douée, quoique un peu cleptomane sur les bords. Et quand je dis sur les bords... jugez-en plutôt : elle porte constamment un chapeau rouge démodé presque aussi grand qu'elle ; or, le croirez-vous, il suffit qu'elle passe dans un magasin pour qu'à sa sortie, son chapeau soit plein.

Le Balafré bondit :

– Alors... et si elle y avait caché le manuscrit ?

Nouveau coup d'œil oblique d'Agatha :

– Vous pensez bien, cher monsieur, que c'est le premier endroit où j'ai regardé. Mais rien. Enfin si, l'intégrale d'Elvis Presley, une maquette d'avion, un ravissant assortiment de sels de bain et un collier chromé pour chien. Mais de manuscrit, point.

Lucile hésite un instant sur l'orthographe du mot "chromé". Puis elle lève le nez de son carnet :

– Bien... qui d'autre ?

– J'ai un vieil ami en visite. Harry Pastrami.

– Harry Pastrami ? Le célèbre magicien ? s'exclame Lucile.

Cela fait deux fois, depuis hier, qu'elle est ainsi impressionnée par une célébrité. Elle rêve du jour où les gens s'écrieront en entendant son nom : "Lucile Finemouche ? La fameuse détective qui résout toutes les affaires louches ?"

– Lui-même, sourit la vieille dame. Il dort dans la chambre à côté de la mienne.

Lucile note à toute vitesse. Un magicien, connu dans le monde entier pour ses tours de disparitions inexpliquées, dort dans la chambre à côté. Elle ne sait pas pourquoi, mais quelque chose lui dit que cette affaire ne va pas être simple.

– Bon. Donc vous, Allison, Harry Pastrami et… ?

– Ce cher Hercule, comme vous le savez…

– Oui, oui. Poursuivez.

– Eh bien, il y a aussi James Butler, continue Agatha.

– Qui est… ?

– Mon majordome.

Là, Lucile s'interrompt pour fixer la vieille dame, qu'elle soupçonne de se payer sa tête une fois de plus :

– Un majordome ? Mais hier, comme aujourd'hui, aucun majordome ne m'a ouvert cette porte.

– Ah non, mais il n'apparaît qu'à ses heures.

– Il n'apparaît ?

Agatha se frappe le front :

– Suis-je sotte, j'oubliais de préciser : James Butler est un majordome fantôme.

Boum !

Ça, c'est le Balafré qui vient de tomber à la renverse. Lucile, elle, en a le sifflet coupé.

– Refermez cette bouche, voulez-vous, ce n'est pas très distingué, la reprend Agatha. C'est fou, le nombre de gens qui font encore cette tête quand on leur parle de fantôme. Dans mon pays natal…

– Je ne vous crois pas, l'arrête sèchement Lucile, en faisant claquer son carnet.

– Tiens donc ?

– Le Balafré, remballe le matériel. On s'en va.

– Vous faites erreur… Vous devriez rester…

– On se moque de nous dans cette maison.

– … au moins jusqu'à l'heure du thé.

– C'est ça ! Vous ne vous êtes pas assez amusée ?

– Vous vous méprenez… Vous êtes dans une maison de tradition et…

– Oh, ça suffit ! clame Lucile.

Le Balafré la suit, empêtré dans son matériel qu'il a le plus grand mal à ranger.

– Dans une maison de bonne tradition…, insiste Agatha Holmes.

DONG ! DONG ! La pendule, que tout le monde avait oubliée, se met à sonner. Il est 17 heures.

Au même moment, au beau milieu du salon, un nuage de fumée sorti de nulle part reste en suspens. Puis il se dissipe, révélant, un plateau chargé à la main, le plus pâle, mais aussi le plus parfait modèle de majordome anglais, austère et droit comme l'ourlet de son gilet rayé.

– Dans une maison de bonne tradition, reprend doucement la vieille dame, le majordome apparaît toujours à l'heure du thé.

OÙ, DÉSORMAIS, TOUT PEUT ARRIVER

Se composer un visage de circonstance. De toute urgence. Lucile se fige. Hors de question qu'Agatha Holmes perçoive la secousse sismique qui la traverse en cet instant fatidique. Il y a une seconde à peine, elle naviguait dans un monde stable où l'incertitude se limitait aux interrogations qu'elle listait dans son carnet. Une seconde était passée. Et voilà qu'un fantôme lui apportait une tasse de thé ! Rien ne serait plus jamais comme avant. Mais sur quoi s'appuyer maintenant ? En tout cas, pas sur le Balafré, quasiment plus blême que l'improbable majordome.

Alors, dans un souffle à peine audible, Lucile tente d'assembler quelques mots stéréotypés :

– Monsieur, heu… si vous le permettez, j'aimerais m'entretenir avec vous.

– *Un spçon de la ?* répond le majordome.

– Qu'avez-vous dit ? sursaute Lucile.

– Voyons, intervient Agatha Holmes, il vous a tout naturellement proposé un soupçon de lait !

– Heu… Oui, pardon, je n'avais pas compris…

Cette fois, c'est au tour du Balafré de tirer Lucile de l'embarras. Tandis qu'elle se perd en bafouillages, il approche discrètement sa loupe du majordome. Celle-ci se met à clignoter puis à zoomer sur son gilet.

Lucile se précipite :

– Posez donc ce plateau et donnez-moi ce qui se trouve dans votre poche.

D'un air détaché, le fantôme tend sans la lâcher une petite montre de gousset :

– Je ne m'en sépre jmais. Vous l'avez ompris, Madme est rès à cheval su la ponctalité.

– Pff ! Ces vieilles antiquités ne font même pas chronomètre ! rigole le Balafré.

– El font bien mieux qu cela ! laisse échapper le majordome offusqué.

– Vous l'avez froissé, souligne Agatha Holmes. Et il est très malvenu de froisser les fantômes… Ils ont horreur qu'on critique les vieilles antiquités !

Mais le Balafré n'a pas le temps de s'excuser. Sous l'œil attentif d'Hercule, le majordome rempoche l'ancestral objet.

Un immense chapeau et deux petits pieds viennent de faire leur entrée :

– Pardonnez-moi, ma tante, je suis affreusement en retard. Non, non, pas de lait, James, juste un zeste de citron !

Sans prêter la moindre attention à Lucile, Allison Holmes s'est déjà installée devant sa tasse de thé.

Lucile l'observe, étonnée, puis brusquement s'écrie :

– Hé, mon carnet !

– Hmm, très intéressant, déclare Allison en parcourant les pages. Vous devez déjà avoir une idée du coupable, je suppose...

– Absolument pas, proteste Lucile, et rendez-moi ça ! Bien. Où étiez-vous la nuit du vol ?

Allison bougonne :

– Quelle question ! Dans mon lit, voyons !

– Et vous n'en êtes jamais sortie ?

– Bien sûr que si ! Il y a toujours des découvertes intéressantes à faire la nuit...

– Des découvertes ! Quelles découvertes ?

Difficile pour Lucile de cacher sa curiosité. Allison jette un coup d'œil sur elle afin de mesurer son effet. Puis, lentement, elle reprend :

– Oh, trois fois rien... des bêtises de magicien... monsieur Pastrami, qu'ici tout le monde respecte, s'amuse de temps à autre à s'envoler par la fenêtre.

– Ne parle pas ainsi de notre ami, ma chérie, l'interrompt sa tante. Cela fait partie de son entraînement quotidien, tu le sais bien.

– Maw... ponctue Hercule.

– Enfin, inutile d'en discuter, reprend Agatha Holmes. De toute façon, vous ne devriez pas tarder à le rencontrer.

À cet instant, un pigeon atterrit dans le salon, rasant au passage la tête d'Hercule. Agacé, le matou se hérisse. Mais le pigeon l'ignore superbement. Il n'a d'yeux que pour Agatha, qui l'accueille avec empressement :

– Socrate, que fais-tu ici ? Serait-il arrivé quelque chose à notre cher Harry ?

Le pigeon se lance alors dans une étrange danse, ainsi traduite par Agatha Holmes :

– "Affaire de la plus haute importance... Ne rentrerai pas ce soir. Rendez-vous demain, au Cabaret Miroir."

La vieille dame se tourne vers Lucile avec une mine soucieuse :

– Navrée, Miss Finemouche, il vous faudra attendre demain pour rencontrer notre grand magicien. Après le spectacle... Vous êtes nos invités, bien sûr.

Deux ombres aussi dissemblables qu'inséparables se découpent sur le mur du 7, impasse des Réverbères. Celle de Lucile, agitée, devance de peu celle du Balafré, le dos voûté par le poids de cet après-midi insensé.

– Je mangerais bien un croque-monsieur pour faire le point, murmure-t-il en tournant à l'angle de la rue des Pas-Perdus.

– Entendu, répond Lucile. On file chez Fredo. Mais on ne parle pas de l'affaire avant d'être rentrés à l'agence.

– Motus ?

– Oui, on se régale, on rigole, et on réfléchit en silence.

Réflexe professionnel. Même chez Fredo, on n'est jamais à l'abri d'une oreille qui traîne. Alors, une fois attablée, les coudes posés sur la petite nappe à carreaux, Lucile Finemouche parle des vacances, de la météo… Et elle pense à Agatha Holmes.

– Un dessert pour la demoiselle ?

– Hein ? Heu… oui, merci, Fredo…

Son mystère au café commandé, Lucile tente de se concentrer. Mais un air d'Elvis la distrait. Un air d'Elvis…

Brusquement, Lucile plonge la main dans sa poche et en sort un carnet. Sous la table, le Balafré reçoit un énorme coup de pied :

– Regarde, ce n'est pas mon carnet ! Cette chipie d'Allison s'est trompée… ou m'a trompée !

Il est grand temps de rentrer à l'agence 3ID. Heureusement, c'est à deux rues du restaurant.

"Patience", se dit Lucile en grimpant quatre à quatre les escaliers.

Le Balafré pousse la porte, la pièce s'éclaire… L'examen du carnet peut commencer.

– Sa taille, sa couleur, sa matière, son odeur : on dirait vraiment le mien mais…

Lucile s'arrête net. Elle vient de tourner la première page :

– … les mots sont codés !

I ♥
MV

OÙ LUCILE DÉCODE À LA HÂTE SON FAUX CARNET

SL ALTWZ CH Z'HYYLALY. UVBZ HSSVUZ JVBYPY
BU PTTLUZL KHUNLY.
SL JVBWHISL LZA HB JHIHYLA TPYVPY.

“Importation de l’alphabet micmac… encodage des écritures spéculaires en cours. Ajout de l’interface Babel 2.0… mise à jour : 66%.”

– Il en a encore pour longtemps, ce truc ? râle Lucile, qui ferait volontiers les cent pas si les minuscules locaux de l’agence 3ID permettaient d’en aligner plus de trois.

– Attends et admire, tempère le Balafré. C'est un vrai petit bijou de technologie !

– Mouais, pas brillant, le bijou : déjà qu'il a fallu le mettre à charger toute la nuit… Et maintenant, il nous serine ce charabia !

Posé sur le carnet ouvert, le stylo traducteur de messages codés qui porte encore l'étiquette du Top Secret Store clignote en rouge et serine de plus belle : "Recherche de l'extension *Le Javanais pour les nuls*… ajout des idiomes amphigouriques et sibyllins, modules vire-langue et langue au chat. Mise à jour : 70 %."

– Il fait sa mise à jour, commente le Balafré, qui a comme un don pour énoncer les évidences. Lorsqu'il sera opérationnel, les codes secrets n'ont qu'à bien se tenir, il est capable de tout traduire ! C'est écrit là, précise-t-il en désignant l'emballage avec un sourire béat.

– Bon ! coupe Lucile qui abat sur la table un énorme livre à la reliure abîmée, dérangeant Hercule en pleine sieste (car oui, l'envahissant matou est de retour à l'agence ce matin, sans qu'ils sachent bien pourquoi). Il est temps de recourir aux bonnes vieilles méthodes…

Les codes n'auront plus de secrets pour vous date de l'époque où Lucile était élève à l'École Conan-Doyle de Détection et Investigation. Tandis qu'elle consulte ses pages armée d'un crayon, le Balafré, vexé, lui tourne le dos en signe de réprobation.

– Arrête de tapoter sur ta machine, ça m'agace, lui lance Lucile.

C'est plus fort que lui, chaque fois qu'il est contrarié, le Balafré pianote mécaniquement sur sa vieille Underwood, une machine à écrire détraquée héritée d'un oncle adoré. L'engin est affecté d'un syndrome idiot, celui de revenir à la ligne tous les six mots.

– Normalement, je n'étais pas trop mauvaise en codes. La règle d'or est de traquer les récurrences et d'en chercher le sens… Voyons…

"Système d'acrostiche implémenté : 1/2. Langage SMS : accès à la base en cours… Mise à jour : 82%."

– … dans notre cas, il y a trois fois un V qui précède un B, tu as remarqué ? Et si ces deux lettres ne formaient qu'un seul son ?

– Pfou, souffle le Balafré.

– Chou, caillou, genou, exactement. Les deux lettres O et U s'unissent pour former le son "OU". Ça voudrait dire…

– Franchement, Lucile, si tu parviens à cracker ce code avant le stylo traducteur, je ne m'appelle plus…

– JULES-CÉSAR !

– Hein ? Ah ben non, ça s'est…

Lucile a bondi et, toute à sa joie, entame une danse improvisée avec un Hercule qui n'en demandait pas tant :

–Jules César, mon minou ! Jules César, le Balafré ! Allison Holmes a utilisé, pour crypter son message, un simple code Jules-César, autrement dit, un chiffrement par décalage. Avec ton "Pfou", tu m'as donné la clé. C'est le son "OU" qu'il fallait trouver ! Bravo, cher associé.

Le Balafré se gratte la tête pendant que Lucile se précipite à sa table de travail.

– C'est facile, si VB = OU, V = O et B = U : l'ensemble de l'alphabet est décalé ! Revoyons le message… JVBYPY… Attends, je me fais une petite grille pour m'aider… J = C, Y = R, P = I : COURIR ! Hé hé, ça commence à vouloir dire quelque chose !

– Encore faudrait-il savoir où courir.

– On va aller un peu plus loin. Voici un O et voici un I…

"Encre sympathique sympathisée. Mise à jour : 85 %", plaide l'engin que plus personne n'écoute.

– … MIROIR ! C'est bien le nom du cabaret, ça ? Et ce mot-là… CABARET, évidemment. COURIR, AU, CABARET, MIROIR. Bon, inutile d'en déchiffrer davantage, je crois que c'est clair, non ?

Manteau enfilé, casquette enfoncée, Lucile est déjà sur le palier. Le Balafré, bon joueur, déplie ses grandes jambes pour l'accompagner.

Ils ont disparu depuis longtemps dans l'escalier quand Hercule s'étire, bâille, déverrouille la porte d'une patte experte et s'éloigne à son tour vers une destination connue de lui seul. Le silence retombe sur l'agence 3ID.

Enfin, le silence, pas tout à fait. Clignotant à intervalles de plus en plus rapprochés, le stylo traducteur se met à grésiller dans la pièce vide.

"Mots-valises, mots-clés et clé de sol... enregistrés. Mise à jour... 98%. Extension Sésame installée. Mise à jour... TERMINÉE."

Aussitôt, le stylo se met en mouvement pour parcourir frénétiquement les mots codés du carnet d'Allison Holmes. Et, sur la feuille de papier prévue à cet effet, il commence à tracer le message au complet :

Le temps va s'arrêter.
Nous allons courir un immense danger.
Le coupable est au cabaret miroir.

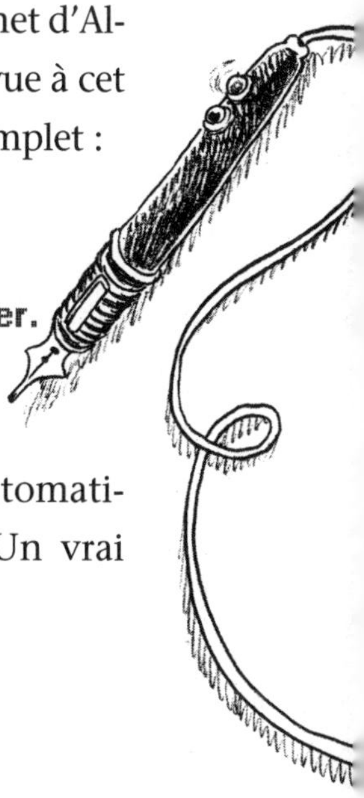

Sa mission accomplie, l'objet passe automatiquement en mode économie d'énergie. Un vrai petit bijou de technologie.

OÙ LE BALAFRÉ RETROUVE LE MANUSCRIT... MALGRÉ LUI

Les poumons en feu, le Balafré s'engouffre dans la rue des Trente-Six-Ponts au moment où la silhouette de Lucile, version petite fourmi, disparaît à l'autre extrémité.

– Hé ! Hééééé !

Le géant capitule, plié en deux par un point de côté.

Au bout de la rue, la fourmi passe une tête :

– Quoi ?

– A-ttends... attends-moi !

– Pfff...

Sourcils froncés, Lucile consent à revenir sur ses pas. Le Balafré reprend son souffle à grandes goulées. La course à pied, ce n'est pas vraiment son truc. Vivement ces fly-rollers tout-terrain.

– Ça va mieux ? s'impatiente Lucile.

– Bof. C'est où, déjà, le Cabaret Miroir ?

– À l'angle du passage Pondichéry.

– Ben, on aurait pu prendre un taxi.

– Tss, tss, discrétion.

– Et on est obligés d'y aller en courant ?

Lucile hausse les épaules :

– Bah... c'était spécifié dans le message : "courir au Cabaret Miroir".

– Oui mais le spectacle de Salami, là...

– Pastrami.

– Si tu veux. Son spectacle, c'est ce soir, non ?

– Justement ! En journée, on sera plus tranquilles pour enquêter en coulisses.

– Et tout ça sur la seule base du message codé ? Qui nous a été transmis, je te le rappelle, par Allison Holmes, numéro 2 sur notre liste de trois suspects.

Là, le Balafré marque un point. Il faut bien reconnaître que Lucile s'est précipitée tête baissée. Et si c'était un piège ?

– Il vaut mieux nous séparer. Au cas où... On se retrouve au spectacle, ce soir. Garde-moi une place. Au balcon, s'il te plaît ! précise Lucile qui est déjà repartie au pas de charge.

– Hééé ! Mais... je vais où ?

– Au manoir : cuisiner Allison et retrouver mon carnet ! crie la fourmi avant de s'engouffrer rue des Miches-Brisées.

∞

À pas pesants et mesurés. Voilà le tempo qui convient au fil de pensée du Balafré. Il a pour habitude de se fier aux intuitions de Lucile mais, cette fois, il a le sentiment que quelque chose leur passe sous le nez à tous les deux. Quelque chose qui est là, depuis le début... le manuscrit, l'horloge, la fenêtre ouverte, le magicien, la nièce cleptomane, et le majordome... "brr, le majordome fantôme", rectifie mentalement le Balafré. Toutes ces possibilités... Ce qu'il lui faudrait, c'est un Watson-JH 3, l'assistant personnel électronique pour détective. Vous rentrez toutes les données, il vous aide à les ordonner. Et s'il en commandait un pour Noël prochain ? À la place des fly-rollers... à la place, ou en plus.

– Watson-JH 3, vous avez ouvert le dossier : "Enquête des Réverbères".

Le Balafré sursaute. Il est déjà impasse des Réverbères. Serait-il en train de rêver éveillé ?

– Watson-JH 3, prêt à entrer les nouvelles données.

Une voix nasillarde s'élève alors :

– Tiens, tiens, regardez qui arrive après la bataille !

Sous le regard incrédule du Balafré se matérialise une silhouette familière, saucissonnée dans un imperméable en peau de caméléon. L'homme arbore une luxueuse paire de rétro-lunettes en plus du fameux Watson-JH 3 qu'il tient à la main. Mais il affiche surtout un sourire suffisant que le Balafré reconnaîtrait entre tous. Car ce sourire est une des rares choses qui l'exaspèrent au plus haut point (avec le grincement de la craie, les divisions à retenues, et quand il ne reste plus de mystère au café chez Fredo). Ce sourire, c'est celui de Walter Gornaz, rival de toujours du Balafré, et principal concurrent de l'agence 3ID.

∞

– Un nuage de lait dans votre thé ?

– Du thé, du thé ! Je ne suis pas venu prendre le thé !

Oubliant qu'il y a un quart d'heure encore, il avait peur des fantômes, le Balafré enguirlande James Butler qui se froisse comme une vieille dentelle.

– Il est pourtant 9 heures du ma…

Portant la main à la poche de son gilet, le majordome s'interrompt, pétrifié.

– Pas la peine de s'énerver, vieux, commente Walter, goguenard, en s'enfonçant dans le canapé dont son imperméable adopte aussitôt la couleur verte. Qui va à la chasse perd sa place !

– Toi, je ne t'ai rien demandé ! Et vous, lance le Balafré à l'adresse d'Allison Holmes, qui les a tous deux fait entrer, j'ai à vous cuisiner ! Enfin, à vous questionner ! Mais auparavant je souhaite parler à votre tante.

– Elle est absente.

– Absente ? Comme par hasard ! Il y a toujours quelque chose qui cloche dans cette maison.

– Vous n'auriez pas vu mes rétro-lunettes ? intervient Walter.

Allison l'ignore et reprend à l'intention du Balafré :

– Pour ma part, je me demande ce que vous faites encore ici à l'heure qu'il est...

– Ce que je fais ? D'après vous ? C'est un scandale ! De la concurrence déloyale ! Et une rupture de contrat. J'en parlerai à mon avocat. Enfin... quand j'en aurai un.

– Un avocat, maintenant, soupire Allison. Vous ne trouvez pas que tout cela est assez compliqué ?

– Vous n'aviez qu'à pas embaucher ce gros nul.

– Tu ne nous ferais pas une crise de jalousie, la Balafre ? crâne Walter, qui fouille dans son imperméable aux rayures maintenant assorties à la tapisserie.

– Ma tante est libre d'engager tous les nuls qu'elle veut, souligne Allison.

– Hé, je suis juste à côté. Et je suis le meilleur, je vous signale... Mais j'ai aussi perdu mon Watson-JH 3 ! couine Walter.

Un grésillement s'échappe du chapeau d'Allison qui ne semble pas s'en émouvoir mais garde un œil sur le cadran de l'horloge :

– Nous manquons de temps. Tout doit être résolu avant qu'il... Mais, au fait, où est votre associée ?

– Elle a couru à votre fichu cabaret ! tonne le Balafré.

Allison tique :

– Seule ? C'est imprudent... Avez-vous bien décrypté mon message ? Un simple code Jules-César...

La colère du Balafré cède un instant à la perplexité :

– Ben oui, justement... Mais vous changez de sujet : c'était nécessaire de faire travailler deux agences de détectives sur l'affaire du manuscrit volé ?

– Pas du tout.

– Alors quoi ?

– Alors, monsieur Gronaze ne travaille pas sur l'affaire du manuscrit volé.

– C'est Gor-naz... dit Gornaz.

– Et sur quoi travaille-t-il donc ? rétorque le Balafré.

– Sur l'affaire du manuscrit... retrouvé.

C'est alors que le Balafré remarque une pile de feuilles sur le guéridon, près d'un nichoir où Socrate fait le dos rond. La première page porte l'entête : *L'Araignée dans le miroir.* Et c'est signé Agatha Holmes. Le manuscrit...

– Il est revenu. Et il est complété. Le coupable en a écrit la fin...

Le Cabaret Miroir

OÙ UN MAGICIEN AU-DESSUS DE TOUT SOUPÇON FAIT SON APPARITION

“Trois p’tits chats, trois p’tits chats, trois p’tit chats chats chats…”

La chanson trotte dans la tête de Lucile tandis qu’elle tourne, bredouille, autour du Cabaret Miroir.

“Somnambule, somnambule, somnambule, bule, bule…”

La porte est close. S’ouvrira-t-elle avant la représentation de ce soir ?

Tout en réfléchissant, Lucile joue avec le reflet des miroirs déformants.

Les murs du bâtiment en sont couverts, offrant une mosaïque inédite des va-et-vient du paysage urbain.

Pourquoi Allison tenait-elle tant à ce qu'ils se rendent ici en urgence ? Que devaient-ils trouver ? Un indice, un témoin, un homme dangereux ou en danger ? Un piège, comme l'avait suggéré le Balafré ? À moins qu'elle n'ait cherché à les éloigner...

"Suivons la piste de la fausse piste, se dit Lucile. Mettons qu'Allison nous égare pour nous tenir à l'écart..."

Soudain, un détail lui revient : le carnet d'Allison était étonnamment identique au sien. C'était nécessaire pour que la nièce d'Agatha Holmes puisse se livrer à son tour de passe-passe, échanger les carnets, et leur transmettre en douce son message codé.

Mais comment Allison pouvait-elle connaître la taille et la couleur du carnet de Lucile alors qu'elles ne s'étaient jamais rencontrées auparavant ?

Quelqu'un le lui avait-il décrit, ou Allison l'avait-elle espionnée le jour précédent ?

∞

– Je peux vous aider, mademoiselle ?

– Hein ! Pardon ?

– Malheureusement, je ne connais pas la formule pour passer de l'autre côté des miroirs. En revanche, si vous cherchez les horaires du spectacle de ce soir…

– Harry Pastrami !

Nul besoin de costume ou de baguette pour que Lucile reconnaisse le célèbre magicien. Son corps trop étiré, son allure dégingandée et cette incroyable façon de marcher comme un funambule maladroit, hésitant à chaque pas.

– Lui-même. À qui ai-je l'honneur ?

– Lucile Finemouche, de l'agence 3ID. Auriez-vous un moment à me consacrer ?

– 3ID… Hmm, oui, Agatha m'en a parlé. Écoutez, ce serait avec plaisir mais j'ai beaucoup à faire…

– Quelques minutes suffiront.

– Ah… Bien, très bien. Alors, suivez-moi…

Le Cabaret Miroir.

Le lieu faisait rêver Lucile depuis son plus jeune âge. Mais jamais encore elle n'avait pénétré dans ses couloirs feutrés. Jamais, surtout, elle n'avait contemplé son vaste hall et ses dalles étamées où se reflétait un plafond couvert de lustres… le fameux "sol de lumière" qui jouait à inverser ciel et terre.

– La Grande Salle n'est pas mal non plus, vous verrez… Non, non, prenez à gauche…

Par une porte entrouverte, sur sa droite, Lucile a cru voir sa silhouette se dissoudre dans l'éclat aveuglant d'un puissant miroitement.

Mais le magicien l'entraîne vers une autre porte :

– Inutile de traîner. Comme je vous l'ai dit, j'ai à faire. Tenez, voici ma loge.

∞

Jour et nuit ne faisaient qu'un. Elle était hantée par le même fantôme. Son angoisse la maintenait toujours en veille. Elle sentait peser sa sombre menace sur elle. Apparaîtrait-il un jour pour la frapper ? Fallait-il qu'il se montre, à nouveau ?

Oui, il n'allait pas tarder
bien longtemps à frapper. Enfin il
avait trouvé ce qu'il cherchait.
L'Objet de ces maudits Holmes...
Le temps allait s'arrêter et
la magie opérer. L'illusion serait
parfaite et grandiose. Grandiose la métamorphose.
7 minutes et 42 secondes pour
renaître au monde. Ainsi cela serait.
Fin de l'histoire au Cabaret
Miroir.

– Monsieur Gornaz, nous écoutons vos conclusions ! s'écrie Allison, après avoir achevé à voix haute la lecture de la dernière page du manuscrit retrouvé.

Sidéré, le Balafré se tourne vers son ennemi juré. Saisi d'une crise aiguë d'autosatisfaction, le minable caméléon se pavane, passant du bleu au vert, du jaune au gris, donnant au Balafré un épouvantable tournis.

– Élémentaire, très chère ! s'exclame Walter. Pas besoin d'un Watson pour dénouer l'affaire... Notez cette différence d'écritures. L'une est celle de votre tante, l'autre celle d'une machine à écrire utilisée par le coupable. Un coupable qui ne cesse de parler de magie...

– Pastrami !

– Exact, demoiselle. Apparemment, il n'apprécie guère votre tante et voudrait lui piquer un bel objet en utilisant un de ces trucs d'illusionniste dont il a le secret.

– Harry aurait alors volé le manuscrit pour nous annoncer son forfait ! Et pour provoquer ma tante, il aurait suivi la trame de son dernier roman...

– Ça se tient ! Il veut lui montrer qu'il est le plus malin...

Encore abasourdi, le Balafré fait le point : la nuit du vol, Pastrami dormait chez les Holmes.

Il se lève à minuit moins cinq, remet l'horloge en marche, se cache, attend qu'Agatha descende, s'empare du manuscrit et s'envole avec par la fenêtre… Ça se tient ! Non, non, voilà qu'il pense comme Gornaz, qu'il parle comme Gornaz. Non ! Leurs deux cerveaux ne peuvent pas être sur la même longueur d'onde. C'est une impossibilité mathématique, génétique, ontologique. Il y a forcément un hic…

– Monsieur Gornaz, reprend Allison, je me réjouis de vous avoir confié cette enquête. Vos brillantes déductions confirment mes soupçons !

Le Balafré sursaute :

– Comment ! Je croyais que c'était votre tante qui avait fait appel à cet abruti.

– Ma tante, moi, c'est pareil. Quoi qu'il en soit, vous pouvez rentrer chez vous. Nous n'avons plus besoin de vos services…

– Mais…

– Bien entendu, nous règlerons ce que nous vous devons. En route, monsieur Gornaz ! Nous avons là de quoi convaincre ma tante que son ami le magicien est sur le point de lui jouer un bien mauvais tour.

“Que ferais-je, maintenant, si je pouvais arrêter le temps ?”

Le Balafré s’interroge, encore glacé d’avoir été raccompagné de trop près à la porte de la demeure par le distingué James Butler.

Comme égaré sur le trottoir, il regarde Allison sauter dans un taxi avec Gornaz.

“Bon sang ! J’immobiliserais ces deux-là pour arriver avant eux… Mais arriver où, au fait ?”

Le taxi pile net. Au coin de la rue, Agatha Holmes vient d’apparaître.

– Ma tante, s’écrie Allison en bondissant vers elle, nous avons retrouvé le manuscrit ! Comme je le craignais, il était entre les mains de…

– Encore ces sottises ! l’interrompt Agatha. Faut-il te répéter une nouvelle fois qu’il n’a rien à voir dans tout ça ? Et qui est-ce, celui-là ?

– Gornaz, Walter Gornaz, se présente l’intéressé. Détective privé…

– Et autrement plus doué que vos deux bras cassés de 3ID ! précise Allison. Je l’ai lancé sur l’affaire et il l’a aussitôt résolue. Lisez ! Et vous comprendrez…

Tandis que sa nièce lui tend la dernière page du manuscrit, Agatha Holmes blêmit :

– Vous avez mal compris… Et puis… je n’ai pas quitté Harry depuis hier après-midi. Quand aurait-il rapporté ces feuillets ?

– Son pigeon a dû s'en occuper. Votre cher vieil ami n'a qu'une idée : mettre la main sur notre précieux Objet... J'allais vous rejoindre à votre club pour vous en avertir. Mais je vois que vous prenez toujours autant de plaisir à mentir...

– Je ne t'ai pas menti, Allison. Je suis bien passée au club. Seulement, j'en suis vite partie pour rejoindre Harry.

Tout semble accuser le magicien, et pourtant... Agatha doute, le Balafré s'y perd.

Une silhouette familière observe la scène d'une gouttière...

OÙ LUCILE EST MISE EN BOÎTE

– Monsieur Pastrami, savez-vous voler ?

Fermement installée sur une malle du magicien, Lucile n'y va pas par quatre chemins.

– Heu… excusez-moi… Je ne vois pas ce que vous voulez dire par là.

– Rien d'autre que ce que je viens de vous demander. Monsieur Pastrami, savez-vous voler ?

– Voler, voler… Tout dépend comment vous l'entendez.

– Ne jouez pas avec moi au chat et à la souris, monsieur Pastrami…

– Écoutez, je suis un prestidigitateur, pas un voleur !

Cri du cœur. Lucile marque une pause, histoire d'observer le visage de son suspect. Décontenancé.

– Qui vous parle de voleur ? Je m'interrogeais sur vos, disons, spécialités. Et notamment sur celle de vous envoler par les fenêtres…

– Mais enfin, je…

– Inutile de protester. Allison m'a tout raconté.

– Fort bien. C'est un art secret que je pratique de temps à autre.

– Y compris chez vos hôtes ?

– Oui. Mais chez Agatha, il n'y a qu'une seule fenêtre. Et je suis constamment dérangé par les allées et venues de ce maudit chat. Quand ce n'est pas Allison qui m'espionne… Impossible de voler tranquille ! Cela agace Socrate au plus haut point. Il apprécie tant nos balades nocturnes !

– Puisque vous citez Socrate, puis-je savoir quelle affaire importante vous empêchait de rentrer hier soir ?

– Vous étiez présente quand mon pigeon a délivré le message ?

– Est-ce là la question ? Allons, monsieur Pastrami, le temps presse et, malheureusement, je n'ai pas le pouvoir de l'arrêter.

Balafré, peut-être. Mais obstiné, mais entêté, encore plus. Ce n'est pas parce que cette jeune pie d'Allison lui a signifié son congé que cette affaire va en rester là. Trop de zones d'ombres, trop de faux-semblants. Le Balafré pianote dans le vide en contemplant la façade borgne du manoir. Une façade… voilà ce qu'est le vol du manuscrit, il en est sûr. Un leurre, un trompe-l'œil qui les a détournés de la véritable affaire.

La maison le toise de son œil unique comme pour le défier de pénétrer ses murs à la recherche de la vérité. Maintenant que les Holmes, nièce et tante, lui ont laissé le champ libre, s'engouffrant dans leur taxi flanquées de Gornaz, l'occasion est trop belle. Mais comment passer la barrière du diligent Butler ? Et comment le voleur a-t-il fait, d'ailleurs, pour sortir en douce du manoir la nuit du délit ?

Le Balafré s'approche pour examiner la muraille. Briques rouges. Lierre touffu, ligneux, compact, qui ceint la demeure comme pour en renfermer les secrets.

Aussitôt éprouvée la solidité de la liane, voilà le détective jouant les monte-en-l'air. Étonnamment agile malgré son gabarit, il s'élève souplement, non sans déchirer d'importantes touffes de lierre qui chutent dans son sillage. Le souffle court, il progresse, en évitant scrupuleusement de regarder vers la terre ferme. Au fait, est-il vraiment certain que la fenêtre, là-haut, est ouverte ? Il n'ose penser à ce qui se passerait si sa main rencontrait une vitre fermée, car les prises se font plus rares et les rameaux moins solides à mesure qu'il approche. Il est peu probable qu'ils supportent encore son poids pour la descente... Une chose est claire à présent : le voleur, s'il est humain, n'a pas suivi cette voie pour commettre son forfait. Sa trace aurait été immanquable.

La fenêtre est bien ouverte. Dans un dernier effort, le Balafré hisse sa lourde carcasse, puis bascule sur le grand tapis de laine ébouriffée de la bibliothèque.

∞

Un parfum douceâtre de gomme, de poudre et de mystère flotte dans la loge encombrée d'accessoires ésotériques. Depuis que Lucile est entrée en scène, il s'y joue un drôle de numéro : celui du magicien mutique. Harry Pastrami se contente de soupirer et de jeter de temps à autre un coup d'œil vers le couloir. Vers l'autre pièce où Lucile a cru se voir.

Face à lui, l'enquêtrice s'amuse à faire tournoyer façon majorette une baguette noir et blanc trouvée sur une mallette :

– Monsieur Pastrami, il ne fait aucun doute que vous cachez quelque chose. Un vol a été commis chez votre amie, le voleur semble s'être envolé par la fenêtre ouverte, et vous admettez que cela vous est aussi facile que de sauter à la corde. Et maintenant, vous dissimulez fort mal votre impatience de me voir partir d'ici pour aller régler je ne sais quelle affaire dans la pièce à côté. Et si vous me la faisiez visiter ?

Harry Pastrami fixe ses ongles polis :

– Je regrette, c'est impossible.

– Ah oui ? Et qu'y cachez-vous donc de si préci… oh !

Pouf ! De la baguette ont jailli trois foulards de soie, à la surprise de Lucile qui s'efforce de reprendre une contenance :

– Euh, qu'y cachez-vous donc de si précieux ? Le manuscrit, peut-être ?

– Le manuscrit ? Mais non, bien sûr.

Nouveau soupir.

– Écoutez, le manuscrit… Agatha voulait croire, elle voulait vraiment croire qu'on le lui avait volé… pour motif littéraire. Pour connaître l'intrigue de son prochain roman.

– Cela paraît crédible, en effet, concède Lucile. On pourrait revendre cette information à prix d'or.

– Et c'est pour cela qu'elle a fait appel à vous, mais il se trouve que ce manuscrit recèle des informations confidentielles. Un secret de famille. Et c'est cela, la vraie raison du vol.

– Vous êtes en train de m'expliquer votre mobile ?

– Quoi ? Mais non. Vous ne comprenez pas. Moi, je ne demande qu'à aider Agatha.

Lucile a posé la baguette et s'est levée :

– Comme moi ! Alors, si nous allions de ce pas nous assurer que le manuscrit n'est pas dans la pièce à côté ? Ainsi, abracadabra ! Vous seriez – presque – innocenté !

– Vous ne pouvez pas… dit le magicien en s'interposant entre elle et la porte.

– Monsieur Pastrami, vous vous obstinez à vous comporter comme quelqu'un qui a quelque chose à cacher. Laissez-moi sortir.

Harry soupire une dernière fois. Puis, passant à l'action aussi brutalement que maladroitement, il se jette sur Lucile et la pousse vers une grande boîte à motifs étoilés.

Le modèle de boîte utilisé par les magiciens du monde entier pour découper leur partenaire en morceaux.

OÙ PLEURE LE DERNIER DES PORTEURS

Des rayonnages de reliures rutilantes entourent le Balafré. La bibliothèque d'Agatha Holmes... *Contes de l'au-delà, Les Rouages du temps, Runes et Oghams* sont les titres des ouvrages les plus proches. Coincé parmi eux, un livre au dos toilé en piteux état contraste étonnamment avec les autres. Le Balafré se redresse et s'en empare. Pas de titre sur la couverture. Une odeur de soufre et de grenier. Avec précaution, il l'ouvre et en parcourt les pages surannées. On dirait une généalogie de la famille Holmes... appelée jadis le clan Holmeson.

Le Balafré s'arrête à une page qui semble lister les patriarches de la famille, bien qu'il n'en comprenne pas l'intitulé : *Mémoire des Porteurs du Chronogyre.*

Plinius Elrick Holmeson 1809 - 1863.
Angus Patrick Holmeson 1830 - 1915.
Calumn Wallace Holmeson 1855 - 1933.
Fergus Lachlann Holmes 1881 - 1935.
Murdoch Alibert Holmes 1903 - 1972.
Aloysius Barton Holmes 1920 - 1960.

15 octobre 1960
Attaque de Lord Duncan FRAZER
Moitié du protocole perdue

Le Balafré passe à la page suivante, qui est vierge, à l'exception d'un nom féminin, écrit tout en haut :

Agatha Moira Holmes, 1951 - ?

DONG ! DONG ! Le cœur du Balafré manque un battement. Brusquement rappelé à la réalité, il replace l'ouvrage avec précipitation. Fichue horloge ! Mais quelle heure sonne-t-elle donc ? Il tâtonne à la recherche de son téléphone portable qui indique 11h36. 11h36 ? Serait-ce une nouvelle et fantaisiste heure du thé dans cette impossible maison ?

∞

11 h 36, passage Pondichéry. Deux promeneuses – l'une portant un immense chapeau rouge et poussant le fauteuil de l'autre – semblent deviser gentiment en arpentant la splendide galerie bordée de vitrines alléchantes.

Mais il n'en est rien. En réalité, les deux passantes continuent à voix basse une dispute qui ne s'est pas interrompue de tout le trajet, pas même quand le taxi a déposé sur le pas de sa porte un Gornaz hébété, mais ravi d'une enquête aussi rondement menée.

– Et il se prétend votre ami ! Son message dans le manuscrit ne laisse pourtant aucun doute sur ses intentions…

– Allison, assez, je te prie, avec ces inepties. Sache que je ne t'ai pas tout dit. Il te manque des éléments pour mener ta petite enquête. Chose que personne ne t'a demandée, je me permets de te le rappeler.

Les voilà devant le cabaret. Agatha cherche dans sa poche le double des clés. Allison les attrape sous son grand chapeau et les rend à sa tante, l'air de rien :

– Ah oui ? Eh bien, n'empêche que je suis en âge d'hériter de la Charge. Si je dois devenir la nouvelle Porteuse et veiller sur notre Objet, il serait peut-être temps d'arrêter de faire des mystères.

– Je trouve cette impertinence fort malvenue, Allison. Tu sais très bien ce qu'il en est, et que je m'occupe précisément de te la transmettre, cette Charge. Tu sais aussi par quel fâcheux contretemps le manuscrit…

– Vous appelez ça un contretemps ? Une immense manipulation de votre cher magicien, oui !

– Allons trouver Harry dans sa loge. Tu verras qu'il est toujours semblable à lui-même, incapable de faire du mal à une…

Leurs voix résonnent dans le grand hall. Mais des bruits étouffés s'y sont mêlés. Des bruits de lutte… en provenance de la loge d'Harry Pastrami.

Allison et Agatha se précipitent pour découvrir une scène surréaliste : le magicien, écarlate, s'escrime à refermer les panneaux d'une boîte à découper étoilée, de laquelle jaillissent là un bras, là un pied, là une tête énervée… le tout appartenant à la moins coopérative des assistantes : la détective Lucile Finemouche.

– Harry ! s'exclame Agatha, stupéfaite.

À pas de loup, le Balafré quitte la bibliothèque, traverse la chambre d'Agatha et se retrouve sur le palier. Sous ses pas, les craquements du plancher crient à l'intrus.

– Ouhouh… ouh-ouh…

Le Balafré a beau connaître, depuis peu, l'existence des fantômes, ce sinistre hululement ne manque pas de lui glacer l'échine. Et depuis quand James Butler ouh-ouh-t-il comme le premier spectre d'opérette venu ?

– Ouhh… ouh. Bou-ouh-ouh…

Rectification : il ne ouh-ouh pas. Il bou-ouh. Il… pleure ?

Le Balafré risque un coup d'œil par-dessus la balustrade. De là, il voit le quart du salon qui va de l'horloge au canapé vert. 11 h 40 : pourquoi diable cette horloge venait-elle de sonner ? La réponse se tiendrait-elle sur le canapé ? Effondré sur ses coussins, James Butler semble être l'ombre de l'ombre qu'il est déjà en temps normal. Un fantôme en pleurs… Le Balafré n'a jamais vu un spectacle aussi triste. Terriblement mal à l'aise, il décide d'attirer son attention et se met à arpenter le plancher sans plus aucun souci de discrétion.

– Que… qui… qui va là ?

La voix du majordome donne le change, toute de rigueur et de sépulcralité professionnelle.

Le Balafré descend l'escalier en affichant son plus authentique air balourd :

– Oh, je... j'aurais dû frapper à la porte, je sais, mais... pour les besoins de l'enquête, j'avais besoin de vérifier par où le voleur...

– Vous n'êtes plus responsable de l'enquête, le coupe Butler. Miss Allison vous l'a fait savoir, il me semble.

– C'est vrai. Je suis parfois un peu lent à comprendre...

– Vous n'êtes pas le bienvenu ici. Je vais devoir vous demander de quitter les lieux.

– Bien sûr, bien sûr. Eh bien, je vais...

Un détail frappe soudain le détective :

– Mais, James... vous ne... vous n'avalez plus les lettres ?

Il jurerait avoir vu les épaules du majordome s'affaisser. Et voilà que James Butler porte à nouveau la main à la poche de son gilet, comme tout à l'heure. Un geste que le Balafré avait à peine remarqué et qui, soudain, lui semble très important. C'était sa montre que le majordome cherchait machinalement, sans la trouver. Sa fameuse montre de gousset, où était-elle passée ?

– Être le Porteur illégitime de l'Objet altérait mon langage... mais peu importe... tout est perdu, tout est fini... Dois-je vous indiquer la sortie ?

– Le Porteur ? insiste le Balafré, que ce mot a fait tressaillir. Le Porteur… du Chronogyre ?

DONG ! DONG ! Deux nouveaux coups ont sonné. Et sous les yeux incrédules du Balafré, le majordome, la bouche ouverte sur une exclamation muette, s'efface pour rejoindre les limbes dont seule cette satanée horloge a le pouvoir de le tirer.

OÙ CERTAINS MORDENT ET D'AUTRES SORTENT LES GRIFFES

– Heu, ma chère, ne vous méprenez pas sur ce que je suis en train de faire…

– Voyons, Harry, relevez-vous, ce spectacle est indigne de vous.

Sidéré par l'irruption soudaine d'Agatha et de sa nièce dans sa loge, Harry Pastrami s'est assis sans réfléchir sur la boîte à découper, masquant de ses mains le visage d'une Lucile enragée.

– Aïe ! La petite peste m'a mordu !

– Vous pensiez peut-être qu'il suffirait d'une boîte pour me faire disparaître ?

– Miss Finemouche, intervient Agatha, puis-je savoir ce qui vous a conduite ici ?

– Dans cette boîte, voulez-vous dire ? Demandez donc à votre ami…

– Pas d'insolence, je vous prie. Ma question était parfaitement claire. Pourquoi avoir mis les pieds au Cabaret Miroir avant le spectacle de ce soir ?

– C'est moi qui l'y ai envoyée, ma tante.

Cette fois, Agatha manque de s'étouffer :

– Toi, Allison ? Vraiment, tu passes les bornes.

– Mais enfin, que faut-il pour vous ouvrir les yeux ? Le message du manuscrit, cette agression en flagrant délit… Tout concorde.

Harry sursaute, ahuri :

– Le message ?

Et Lucile renchérit :

– Quel message ? Quel manuscrit ?

Sans leur accorder la moindre attention, Allison saisit Agatha par les épaules, comme pour la réveiller :

– Ma tante, cet homme veut notre Objet. Il sait comment s'en emparer…

Le magicien soupire :

– Il est temps de mettre votre nièce au courant, Agatha.

– Je le crois aussi, Harry. Mais il faut d'abord que je vous montre ceci… Allison, donne-moi le manuscrit… Donne !

– Oh, fort bien… J'ai hâte d'entendre ce que va nous dire monsieur Pastrami.

Un peu en retrait, Lucile tente d'imposer le silence à sa curiosité. Dans sa tête, les questions se bousculent mais elle sent très précisément qu'elle ne doit en aucun cas interrompre ce moment.

Le regard baissé sur la liasse de papiers, le magicien se crispe puis laisse sa voix dérailler sous l'effet d'une visible anxiété :

– Ceci confirme mes craintes… L'affaire du vol du manuscrit est bien reliée à votre Objet… et à l'effraction dans la Salle du Miroir.

Impossible de se taire une seconde de plus. Lucile bondit vers Pastrami :

– La Salle du Miroir ? S'agit-il de cette pièce que vous vous obstinez à me cacher ?

– Je… oui, mais…

– Monsieur Pastrami est extrêmement cachottier, ajoute Allison. Notez qu'il a omis de mentionner le fait que le manuscrit atteste sa culpabilité…

– Cela suffit, Allison, gronde Agatha. Tu n'es pas à même d'en juger. Et tandis que tu t'égares, le coupable tisse sa toile en toute impunité… avant de frapper.

– Maudite horloge !

Concentré sur son cadran comme sur le code d'un coffre-fort, le Balafré cherche la bonne combinaison. Dans sa tête, la voix d'Agatha Holmes résonne, "il n'apparaît qu'à ses heures", "il n'apparaît qu'à ses heures"... mais à quelles heures ?

Réflexion faite, le plus simple est encore d'essayer l'heure où, pour la première fois, a surgi l'inconcevable James Butler. Délicatement, le Balafré pousse la petite aiguille jusqu'au 5 et attend. Cinq coups retentissent, d'un son légèrement différent de celui des "DONG DONG" précédents. Puis rien. À tout hasard, le Balafré tente un autre réglage : 11 h 36... Nouvel échec.

Le Balafré baisse les bras. De toute évidence, ce temps-là ne se contrôle pas. Que faire ? Attendre ici jusqu'à ce qu'il soit vraiment 17 heures ? Tout ça dans l'espoir illusoire d'obtenir d'autres révélations de Butler ?

– Lucile !

Brusquement, le Balafré oublie sa chasse au fantôme et reprend ses esprits. Et si, comme l'avait suggéré Allison, sa fidèle associée était vraiment en danger ? Que faisait-il là à guetter un spectre volatilisé ?

∞

Dans la rue, à quelques foulées de l'impasse des Réverbères, un cri assourdissant interrompt la course du Balafré.

Son sang se fige puis un rire nerveux secoue son grand corps désorienté.

"Suis-je bête ! Ce n'est qu'une bagarre entre un pigeon et un chat de gouttière... Cette affaire me porte sur les nerfs. Trop sensible, comme toujours ! Mon oncle Charlie avait raison, mais... Eh bien ! On dirait que le pigeon va y laisser des plumes !"

Tandis que le Balafré balance entre désir d'intervenir et nécessité évidente de partir, le chat, les yeux luisants, transperce la gorge du pigeon d'un coup de griffe.

"Aucune hésitation dans le geste, comme le plus parfait criminel, ne peut s'empêcher de noter le savant détective de l'agence 3ID. Mais je m'égare... Tiens, il a perdu son collier, ou plutôt..."

Le Balafré se baisse pour ramasser un objet vaguement familier : une petite montre de gousset. Une montre qui fait aussitôt ressurgir un vieux fantôme...

– Le majordome !

Cette fois, le fidèle associé de Lucile sent la fièvre monter. Mais à peine a-t-il le temps de regarder l'objet que, d'un bond, le chat-assassin le lui arrache des mains.

Hors de question de laisser ce matou filer ! Le Balafré s'élance et se surprend à crier :

– Hercule, rends-moi immédiatement le Chronogyre !

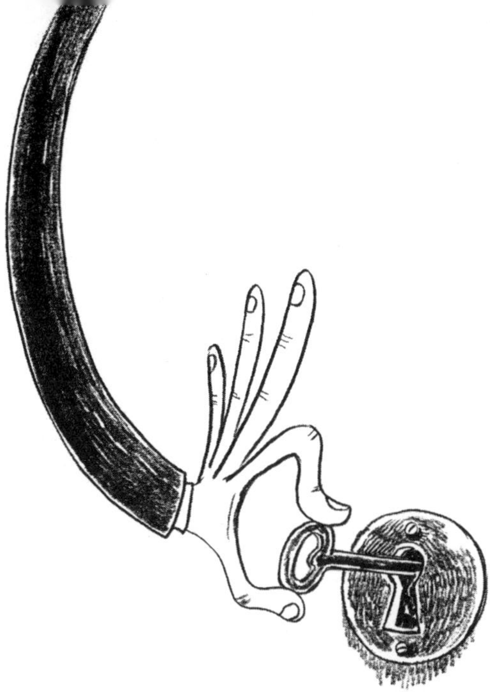

OÙ LE SOUFFLEUR S'ÉVAPORE

– Monsieur Pastrami, j'exige que vous me montriez la Salle du Miroir.

– Miss Finemouche, intervient Agatha, vous n'avez rien à exiger. Vous êtes à mon service, dois-je vous le rappeler ?

– Mais c'est insensé ! Vous l'avez entendu comme moi : la Salle du Miroir a été fracturée…

– Je sais, c'est la raison pour laquelle Harry ne souhaitait en aucun cas quitter le cabaret.

– D'où le message qu'il vous a envoyé ?

– D'où le message : "Affaire de la plus haute importance. La Salle du Miroir a été ouverte. Ne rentrerai pas ce soir." Sur le moment, je n'ai pas souhaité en traduire l'intégralité.

Les doigts crispés sur les rebords de son chapeau, Allison semble en proie à la plus grande perplexité :

– Ma tante... ce... ce... Miroir est-il le Chro... est-il notre Objet ?

Agatha regarde sa nièce avec une expression indéchiffrable :

– Non, il ne l'est pas. Mais son importance est immense. Cela fait partie des informations que je souhaitais te transmettre avec le manuscrit... Le texte était prêt. Le codage parfait. Il ne me restait plus qu'à te le donner... Harry, voulez-vous bien nous conduire à la salle ? La future Porteuse doit savoir.

Visiblement, la présence de Lucile est oubliée, ou tolérée, pour le moment. Elle s'apprête à leur emboîter le pas quand... la dernière page du manuscrit glisse à terre. Tout naturellement, Lucile la ramasse pour la rendre à Harry. Sauf qu'un détail lui saute aux yeux. Un détail qui n'a d'importance que pour elle, mais pas des moindres. Le paragraphe tapé à la machine, celui qui accable le magicien, présente une mise en forme particulière : il revient à la ligne tous les six mots.

∞

Course vaine. Quand il s'agit de grimper sur les toits, un homme, tout Balafré qu'il soit, ne peut rivaliser avec un chat. Furieux contre cette victoire du règne animal, le Balafré retourne, comme un égaré, vers la corniche où gît le pigeon ensanglanté.

Socrate.

Pourquoi Hercule avait-il agressé l'oiseau du magicien ? Se pouvait-il qu'Harry Pastrami ait volé la montre de gousset par pigeon interposé ? Hercule aurait alors attaqué Socrate pour jouer les justiciers... Ce chat était-il donc si dévoué à Agatha ?

Logique et pourtant... version conforme à la raison, mais pas à l'intuition.

Et si, au contraire, le chat avait souhaité éliminer le pigeon pour l'empêcher de remplir sa mission... "sa mission de messager", précise mentalement le Balafré.

Un hou-hou de désespoir revient alors à sa mémoire...

Butler ! Une fois le vol de la montre constaté, il avait sûrement jugé nécessaire de prévenir Agatha. Et le pigeon était là.

Mais en quoi un pigeon messager pouvait-il déranger un chat ?

– Ce truc est à couper le souffle !

L'immense miroir déploie ses volutes tranchantes à perte de vue. Autour de lui, Allison Holmes déambule comme un automate égaré sur une piste de cirque, prisonnière de sa trajectoire elliptique.

– Le souffle… C'est justement de souffle qu'il s'agit, réplique Harry Pastrami.

"Curieux comme le grand magicien semble soudain minuscule, songe Lucile. Est-ce un effet de la taille démesurée du miroir ou de la culpabilité qui le ronge ?"

– Je ne comprends pas, ajoute Harry. Je suis navré… Cette salle était placée sous le sceau du plus grand secret. Seuls Agatha et moi en connaissions l'existence. Nous n'en parlions jamais que dans une parfaite intimité. Et nul autre que moi n'en possédait la clé. Hier, quand je suis arrivé, tout semblait normal, la porte était fermée. Et pourtant, quelqu'un est bien entré, quelqu'un qui a laissé la trace de son souffle, là, et sa signature sur la paroi…

– Là ? s'étonne Lucile en avançant l'index vers trois lettres, L, D et F, imbriquées dans un tracé maladroit. Mais c'est étrangement bas !

– Miss Finemouche, ne le touchez pas, lance aussitôt Agatha… L'Invertigo fonctionne… Et cesse donc de tourner ainsi en rond, Allison !

“L’Invertigo fonctionne...” Comme tirée d’un mauvais rêve, Allison s’arrête, se gratte la tête et extrait de son chapeau le manuscrit subtilisé peu de temps auparavant à l’inattentif Harry.

– L’Invertigo ? C’est le nom de ce miroir ? A-t-il lui aussi un pouvoir ?

– Allison, l’interrompt brutalement Agatha, il est impensable que nous évoquions le pouvoir des Objets à haute voix ! Devant des oreilles étrangères, de surcroît...

– Fort bien, ma tante. Si nous ne pouvons nous parler, je vais tenter de vous déchiffrer... Bonne idée, le roman codé mais...

Tandis qu’elle feuillette fiévreusement le manuscrit, Allison laisse échapper un soupir consterné :

– Un code heptocrypte ! Ce n’est guère prudent. Pensez donc ! Un code à la portée de n’importe quel débutant !

– Prélever un mot sur sept me semblait approprié, rétorque Agatha.

– Parfaitement approprié, oui, pour que celui qui dérobe le manuscrit n’ait aucune difficulté à en déchiffrer le contenu caché.

– Allison, s’agace sa tante, j’aimerais que tu changes de ton quand tu t’adresses à moi !

– Si je peux me permettre... intervient Lucile.

– Je ne vous permets pas !

– Il semble pourtant, poursuit Lucile calmement, que le voleur ait parfaitement compris le contenu du manuscrit… puisqu'il s'est introduit ici !

Pour la première fois, une trace de faiblesse traverse le visage arrogant d'Agatha Holmes :

– Vous… vous dites vrai. Jamais je n'aurais cru que… Cependant, oui, je dois l'admettre : seul quelqu'un qui m'aurait déchiffrée pouvait avoir une raison de pénétrer ici, quelqu'un qui a complété le manuscrit, qui convoite notre Objet et qui… Mon Dieu ! James ! Si le voleur m'a décryptée, la protection du Chronogyre ne repose plus que sur lui.

MandRakOLOG
Sciences de l'occulte
OUVERT
Bizarreries

OÙ LE CŒUR BAT ENCORE

Mandrakologie, Sciences de l'occulte et bizarreries, est une boutique située 3 ter, allée Croc-en-Pattes, ce qui est une adresse absurde à plus d'un titre. D'abord, il n'y a pas de 3 bis, de 3 tout court, ni même d'ailleurs aucun autre numéro de rue alentour. Ensuite, il est peu probable qu'on vous fasse un croche-patte dans cette allée, parce qu'en dehors de la brume opaque qui y a élu domicile, on n'y croise d'ordinaire pas un chat.

Mais justement, en voilà un, de chat. Descendant des toits, il rase si bien les murs qu'on croirait une ombre de plus dans l'allée abandonnée. Il a l'air de très bien savoir où il va.

Lorsque l'animal pousse la porte de la boutique, réveillant une petite clochette enrouée, Elvyr Ozbaum, le propriétaire des lieux, lève de sa lecture un œil acéré :

– Voyons, Ashtraka, quelle espèce de client le vent d'automne nous amène-t-il là ?

L'hermine blanche lovée à son cou fronce le nez, avisant le chat qui vient d'entrer.

Il y a deux catégories de clients qui entrent chez Mandrakologie. La première est celle des quelques passants égarés, attirés par la maigre lumière de la vitrine comme par un phare dans la nuit noire. Ils promènent sur les articles exposés un regard circonspect, échangent trois mots sur le temps qu'il fait – cette brume localisée, étrange, n'est-ce pas ? – puis, n'osant partir sans rien acheter, jettent leur dévolu sur un gadget de magie pour le petit dernier. Pour ceux-là, Elvyr Ozbaum a toujours en stock quelques chapeaux claques, pièges à doigts, anneaux chinois.

Mais il a tôt fait de classer Hercule dans la seconde catégorie, celle des personnes qui ne viennent pas par hasard. Et pourquoi s'étonnerait-il d'avoir pour client un chat ? Peu de gens s'en doutent, car c'est bien un buste humain qui dépasse du comptoir, mais lui-même a pour particularité d'avoir les jambes d'un bouc.

– Bien le bonjour, messire chat. Que puis-je faire pour vous ? Seriez-vous par hasard le familier du mage Abelchazar venu prendre livraison de sa commande de bézoards ?

L'hermine a coulé comme un courant d'air jusqu'au sol où elle toise le nouveau venu, perchée sur ses pattes arrière. Elle fixe en criaillant la montre de gousset accrochée au cou du chat. Elvyr aussi l'a remarquée. Hercule lui adresse un miaulement sourd.

– Non, quelque chose me dit que vous venez pour vous, pas vrai ? poursuit le commerçant en caressant son brin de barbe. Ashtraka, veux-tu faire bon accueil à notre client ? Nous allons vous conduire dans l'arrière-boutique, rayon des polymorphes… c'est par ici, my Lord.

∞

Un Balafré surdimensionné renvoie un regard perplexe au Balafré taille standard, planté devant la façade tout en reflets déformants du Cabaret Miroir. Avec mille précautions, il sort de sous sa veste le pigeon. Le cœur bat encore… mais à peine. Face à une telle blessure, il reste juste à espérer. Et ce qu'il faut à ce petit cœur balbutiant, c'est de la chaleur, toute la chaleur possible. Quelle déveine que la porte du cabaret soit fermée ! Le Balafré se souvient alors des conseils de son oncle Charlie : “Pour te réchauffer, disait-il, fais-toi aussi rond qu'un œuf.” Alors il repelote l'oiseau dans le nid de sa veste avec une infinie douceur, puis il se blottit tout contre la porte... qui soudain s'ouvre avec fracas sur le chapeau d'Allison et le fauteuil d'Agatha.

– Encore vous ! Qu'attendez-vous là ?

Pour toute réponse, le Balafré dégage la tête de son protégé.

– Beurk, un oiseau mort, commente Allison.

– Pas mort. Pas encore...

– Socrate ! s'écrie Harry Pastrami en bousculant le tandem Holmes dans l'affolement. Mais qui êtes-vous ? Que lui avez-vous fait ?

– Tout doux, réplique le Balafré. Moi, j'escorte. Le responsable est un chat bien plus sauvage que moi.

– Un chat ? répète Lucile, qui les a rejoints.

Les deux détectives s'adressent un regard de connivence dans lequel passent à la fois la joie de se retrouver et l'urgence d'échanger leurs informations.

– Oui, mais pas n'importe quel matou du quartier. Hercule...

Agatha soupire, exaspérée :

– Il ne perd rien pour attendre, celui-là. Lui et Socrate n'ont jamais pu se sentir, mais de là à... Harry, prenez soin de votre ami. Vous comprendrez que je ne peux rester. Je dois aller auprès de James pour veiller à la sécurité de notre Objet.

– Votre Objet... (Le Balafré se racle la gorge.) Je crains d'apporter de mauvaises nouvelles. Le Chronogyre n'est plus en sûreté. Hercule, encore lui, l'a dérobé.

∞

Des restes de rats, d'oiseaux, sinistres ossements entreposés comme autant de trophées. Soigneusement alignés. Une silhouette va et vient, visiblement agitée. Sous les combles oubliés d'un paisible immeuble ménilvillois, un nouveau drame se prépare, qui, cette fois, se jouera sans témoin.

La lueur intermittente d'une enseigne néon défaillante révèle une fiole ancienne luisant d'un sombre éclat. Hercule le chat vient d'y nouer un cheveu blond : c'était le seul préparatif exigé. Une fois la fiole ouverte, il faudra résister à l'envie de regarder. Elvyr Ozbaum a insisté.

Hercule ferme les yeux et ouvre la fiole. Le contenu s'en échappe avec un chuintement. Une présence enveloppe Hercule dans un courant d'air méphitique. Ne pas ouvrir les yeux. Autour de lui, l'air s'est mis à vibrer. Garder les yeux fermés. La montre à son cou s'élève dans les airs. Hercule veut la rattraper, sa patte est giflée. Ne pas regarder. Le sol tremble. La vibration est partout. Dans sa tête, dans ses os. La respiration d'Hercule se bloque. Et s'il avait fait une erreur dans le rituel ? L'air chaud force le passage dans sa gorge. Il est trop tard pour faire marche arrière. Trop tard pour regretter. Le souffle lui brûle la trachée. Il suffoque. Ses pattes sont clouées au sol.

La fiole est vide.

Hercule est subitement propulsé. Une foudre invisible vient de le frapper. Son corps est soulevé comme par un gigantesque haut-le-cœur vers le plafond du grenier. Puis il retombe lourdement dans un tourbillon de poussière.

À l'étage en dessous, Cédric Lelièvre écoute un morceau de Dionysos très fort dans son casque en faisant semblant d'étudier. Il lui semble que ses vitres viennent de bouger.

Mais on n'entend plus rien.

Là-haut, le tumulte a stoppé net.

OÙ L'ON ATTEND… EN PARLANT DE LA VIE, DU BEAU, ET DU TEMPS

Aparté entre associés :

– Le Chronochose : tu m'expliques ?

– Gyre, Lucile, le Chronogyre. Dans la famille Holmes depuis des générations. En fait la montre de gousset de James…

– … qu'on avait sous les yeux depuis le début.

– Oui, confirme le Balafré, la loupe analytique nous l'avait désignée, en pointant la poche du gilet.

– Une montre qui est aujourd'hui entre les griffes du chat. Pourquoi ?

– Le chat serait au service d'un ennemi de la famille ? Dans un journal de la bibliothèque d'Agatha, il est fait mention d'une attaque, contre son père, je crois…

– Et depuis le début, Allison soupçonne Harry Pastrami d'en vouloir au Chronogyre, précise Lucile. Le manuscrit d'Agatha était en fait un texte codé pour transmettre à sa nièce les secrets liés à leur précieuse montre.

– Et côté cabaret ?

– Un miroir totalement psychédélique. Quelqu'un est entré en catimini s'en mettre plein les mirettes et, apparemment, ça n'est pas une bonne nouvelle.

– M'est avis que l'importance de la chose va bien au-delà de la valeur sentimentale, pressent le Balafré. Ce sont des objets de pouvoir, qui peuvent être dangereux.

– Tu donnes dans l'ésotérique, toi, maintenant ? ironise Lucile.

– Pas le choix. Je reste auprès d'Harry et de Socrate ?

– Et moi, je file au manoir avec Agatha et Allison. Une dernière chose…

– Oui ?

– Tu as eu l'occasion de jeter un œil à la page du manuscrit ?

– Non, mais Allison l'a lue devant moi. Pourquoi ?

– Elle a été tapée avec ta machine.

Le Balafré marque un arrêt :

– Ma vieille Underwood ?! Mais... comment ?

∞

– Allison, cesse de te ronger les ongles, c'est une fort mauvaise habitude.

– Mais, ma tante, il n'y a rien d'autre à faire en attendant. J'ai déjà piqué trois fois de suite votre argenterie, c'est lassant.

Lucile observe le cadran de l'horloge, pensive :

– Vous ne pouvez vraiment pas, heu, l'invoquer directement ?

– James ne s'invoque pas comme un vulgaire démon, rétorque Agatha. C'est un fantôme horloger. Il n'apparaît qu'à ses heures, je vous l'ai déjà dit.

– Bien. Alors en attendant, permettez que je visite votre bibliothèque...

– Ma bibliothèque ? Pas question.

– Elle est mortellement ennuyeuse de toute façon. Aucune bande dessinée, rien que des vieilleries poussiéreuses.

– Allison, je n'ai pas l'impression qu'on t'ait demandé ton avis.

– En effet, comme d'habitude. Surtout, faites-moi signe quand vous aurez décidé...

– Stop !

Lucile sent la moutarde lui monter au nez :

– Écoutez, j'en ai plus qu'assez de glaner mes informations au gré de vos chamailleries.

Agatha la regarde, médusée :

– Miss Finemouche…

– Oui, je sais. Je suis à votre service, blablabla. N'empêche qu'il va peut-être falloir vous décider : cette affaire va bien au-delà d'un simple vol de manuscrit et je suis encore là. Vous m'avez même laissée vous accompagner dans la salle de l'Invertigo. Vous avez besoin d'aide et vous le savez. Admettez-le.

Lucile s'arrête. Serait-elle allée trop loin ? C'est qu'elle aurait du mal à se voir congédiée à présent. D'autant qu'elle a le sentiment que cette affaire les concerne, elle et le Balafré, d'un peu plus près qu'elle ne l'imaginait… Mais elle préfère garder pour elle cette histoire de machine à écrire.

Heureusement, contre toute attente, Agatha paraît baisser sa garde :

– Fort bien. Que désirez-vous savoir ?

Rassurée, Lucile s'assoit en face d'elle :

– Eh bien, pour commencer…

DONG ! DONG ! 17 heures, heure du thé.

– … ça m'aurait étonnée.

Évidemment, c'est le moment que le fantôme horloger choisit pour faire son entrée. D'un autre côté, lui aussi, Lucile brûle de l'interroger.

∞

Dans les mains de géant du Balafré, le pigeon semble un oisillon tombé du nid. Harry s'en empare avec précaution et le dépose dans une écharpe à colombes :

– Croyez-vous qu'il va s'en sortir ?

Le Balafré se remémore la précision du coup du chat-assassin et grimace :

– Impossible à dire. Mais vous avez fait tout ce que vous pouviez pour lui.

Le magicien referme tristement la porte de sa loge :

– Merci en tout cas de monter la garde avec moi. Je suis plus rassuré de vous avoir à mes côtés. Celui dont je crains la venue est aussi menaçant pour nous qu'un chat cruel pour ce pauvre Socrate...

– Vraiment ? Mais pourquoi attache-t-il une telle importance à ce miroir ?

– Il ne s'agit pas d'un simple miroir...

Dans la pièce où Harry l'a précédé, c'est au tour du Balafré d'être estomaqué par l'Invertigo :

– Il est extraordinaire ! Le cabaret a été bien inspiré de faire construire un tel objet...

– Le cabaret n'a fait que l'acheter. À un passeur, un marchand qui a su saisir une opportunité. Avant cela...

Mais Harry s'interrompt.

– Avant cela... ? insiste doucement le Balafré.

Le magicien hésite. Puis se lance :

– Avez-vous déjà entendu parler de l'ordre d'Anaximandre ?

Dérouté, le Balafré avoue son ignorance. Sans daigner l'instruire davantage, Harry renoue avec son propos :

– Avant cela... l'Invertigo, comme le Chronogyre, était placé sous la garde d'une famille. C'est l'un des trois Objets chronomanciens.

Des "Objets chronomanciens". Contrairement à Lucile, le Balafré n'utilise presque jamais de carnet. Mais les mots importants ou nouveaux, il les range dans un recoin spécial de son cerveau. "Chronomancien". Celui-ci lui plaît bien.

– Savez-vous ce que signifie le mot "chronomancien", monsieur... monsieur ?

– Le Balafré. Pas la moindre idée. J'apprivoise la sonorité.

Aiguillonné par un brusque regain d'énergie, le magicien agite son index :

– On dit que chacun des trois Objets contrôle un aspect du temps. Attention, je ne vous parle pas de météo, mais bien du Temps avec un grand T. Celui qui tisse nos destinées.

Des bribes de phrases issues de la fin du manuscrit reviennent en mémoire au Balafré : "Le temps allait s'arrêter et la magie opérer"... "7 minutes et 42 secondes"...

– Vous voulez dire que le Chronogyre...

Harry s'enflamme :

– Celui qui active le Chronogyre immobilise chaque être et reste seul à se mouvoir. Imaginez quels dangers représente un tel pouvoir !

Le Balafré en a froid dans le dos : et s'ils traquaient un meurtrier capable de pétrifier ses victimes... et les témoins de ses crimes ? Un homme dissimulé dans un repli du temps, libre de déchaîner sa violence sept minutes durant.

– Qu'en est-il des autres Objets ?

– On dit que l'un d'eux a un pouvoir sur le passé. Quant à l'Invertigo, il pourrait offrir l'immortalité. De quoi faire tourner la tête à celui qui devait le protéger.

Le Balafré vient de remarquer les trois lettres L, D et F imbriquées. Aussitôt, un nom lui revient en mémoire, inscrit d'une main tremblante au bas d'un registre :

– Lord Duncan Frazer.

Harry se fige :

– Vous connaissez ce nom ? L'Invertigo était déjà dans le clan Frazer depuis des générations quand Lord Duncan a décidé de l'utiliser à des fins toutes personnelles. C'était au siècle précédent…

La fougue qui animait le magicien retombe alors comme un soufflé raté :

– Il y a bien longtemps que Lord Duncan n'avait plus fait parler de lui. Mais s'il est entré ici l'autre nuit, c'est qu'il est toujours vivant. Et qu'il a retrouvé la piste du Miroir…

La pensée du Balafré jongle un instant avec ces nouvelles données.

– À moins, nuance-t-il, que quelqu'un cherche à vous le faire croire. Après tout, si votre Lord a déjà l'immortalité, pourquoi volerait-il le Chronogyre ? Qu'a-t-il à faire de lui, et du Miroir ?

– Je l'ignore, et c'est bien ce qui m'inquiète… Voulez-vous me rendre un service ? Je dois rester au cabaret, mais il est un lieu où l'on pourra peut-être vous renseigner. Si Frazer est en ville et nourrit de sombres projets, il y a fort à parier que le propriétaire de ce lieu sache quelque chose…

OÙ RESSURGISSENT LES VIEUX FANTÔMES

– James !

– Madame !

– James ! Que s'est-il passé ?

Installée près d'Allison dans le canapé vert, Lucile ne perd pas une miette de l'échange entre Agatha et Butler. Elle voit le majordome porter la main à son front pâle en parfait tragédien spectral :

– Ah, madame ! J'ai manqué à ma mission ! Comme autrefois, je vous ai failli.

– James, cessez de vous accabler. Expliquez-moi plutôt…

Soudain, Lucile sent un poids familier dans sa main. Allison vient d'y déposer en douce son carnet, sans même la regarder.

– Vous savez que j'apparais à certaines heures de la nuit, commence le fantôme déconfit. La maisonnée est endormie, mais j'essaie de m'avancer dans mes tâches pour… ah, madame, si j'avais su !

– Je vous en prie, poursuivez.

– Hercule avait votre confiance et je ne me suis pas méfié. Il était dans ce canapé… l'horloge était déréglée. Je pense maintenant que c'est lui qui l'avait remontée.

"Ce chat sait donc trafiquer les horloges." Lucile note à toute vitesse dans son carnet. On peut dire qu'Allison le lui a rendu à point nommé ! Butler enchaîne, effondré :

– J'ai sorti le Chronogyre pour remettre l'horloge à l'heure… Puis, juste avant que je sois rappelé dans les limbes, le chat m'a frôlé. C'est en prenant mon service ce matin que je me suis aperçu qu'il avait subtilisé la montre !

Agatha se crispe :

– Nos craintes étaient donc fondées… Mais Hercule… Qui aurait pu soupçonner Hercule ?

– Je ne peux sortir moi-même de la maison, soupire James, mais peu après, j'ai pensé à envoyer le pigeon de votre ami vous prévenir.

– Minute, le coupe Lucile. Comment le chat a-t-il pu vous prendre la montre, n'êtes-vous pas, comment dire… insaisissable quand vous apparaissez ?

Le majordome semble s'apercevoir de sa présence :

– Eh bien, oui. Mais le Chronogyre, lui, est tout ce qu'il y a de plus saisissable.

Lucile se tourne vers Agatha :

– Quel intérêt, alors, de confier votre montre à un fantôme ?

– Dans mon état, explique la vieille dame qui répugne visiblement à évoquer son handicap, il m'est difficile de protéger le Chronogyre. En cas d'agression, James est plus à même de fuir. Quand il disparaît dans les limbes, personne ne peut le suivre, la montre est en sécurité. De plus, James est d'une loyauté à toute épreuve, il l'a prouvé par le passé…

– Oh, madame…

– C'est la vérité. Voyez-vous, le Chronogyre a un protocole secret qui lui est lié.

– Celui que vous étiez sur le point de transmettre à votre nièce ? demande Lucile intriguée.

– Celui-là même, réplique Agatha. À l'origine, ce protocole était consigné sur un document scellé. J'étais encore une enfant lorsqu'un grand ennemi de notre famille s'est introduit chez nous pour le dérober…

– Votre père était alors le Porteur du Chronogyre… et le gardien de ce protocole ?

– C'est cela. Il y a laissé la vie. Et nous aurions été tués aussi, mon frère et moi, si James ne s'était pas interposé.

Agatha réprime un frisson :

– J'ai assisté à la scène. J'avais perçu des cris. Mon père, Aloysius, était… c'était un homme solide et fort. Ce jour-là, je me suis précipitée dans son bureau… Il gisait à terre, à l'agonie, et le… son agresseur, assis sur sa poitrine, s'est retourné. L'homme au rictus de loup…

– Celui dont vous parlez dans vos romans ! Il existe donc…

Agatha acquiesce, absente :

– Sa… bouche était couverte de sang, le sang de mon père. Il venait de lui arracher le précieux document. C'est alors que James est arrivé.

– Je n'ai pu récupérer que la moitié du protocole…

– Mais l'homme a fui. Cette intervention nous a sauvé la vie, quoi qu'en dise James qui, comme tous les fantômes, a une tendance à se faire des reproches pour l'éternité.

Visiblement, Allison ne connaissait pas cette histoire. Émue, elle attrape la main de sa tante :

– Mais alors, cette moitié de document qu'il vous reste…

Agatha secoue la tête :

– Brûlée ! Je jugeais trop risqué de la conserver. À présent, tout ce que mon père m'a transmis est dans le manuscrit. Malheureusement, son contenu n'est plus un mystère pour notre ennemi…

– Cet ennemi, reprend doucement Lucile, me diriez-vous son nom ?

∞

– Elvyr Ozbaum, pour vous servir !

Le Balafré vient de faire son entrée, et, difficile de le dissimuler, le lieu attise sa curiosité… Serait-ce qu'une vague ressemblance lierait la boutique de Mandrakologie à son Top Secret Store bien-aimé ?

Le Balafré s'accroche à cette pensée rassurante. Entre le bric-à-brac du 3 ter, allée Croc-en-Pattes et les gadgets à enquête du TSS, il n'y aurait, disons, qu'un écart de modernité… Pensée immédiatement anéantie par la vision des jambes de bouc d'Elvyr Ozbaum, invisibles à tout homme de taille moyenne, mais clairement perceptibles pour un colosse de la stature du Balafré. Surplombant le comptoir, le détective, tétanisé, ne parvient plus à détacher son regard des pattes velues.

– Vous hésitez, reprend Elvyr, je vous comprends ! Nos automates extralucides rivalisent avec les plus grands voyants, nos chapeaux à triple fond sont époustouflants !

– Non, non, bredouille enfin le Balafré, je ne viens pas pour ça. Quelqu'un m'envoie… Un de vos amis… Harry, Harry Pastrami.

– Ah, dans ce cas.

Plus un mot. L'hermine blanche s'approche, en émettant un ronronnement mélodieux. Elvyr Ozbaum attend dans un silence mêlé de respect et de curiosité. Il ne reste plus au Balafré qu'à se lancer…

– Je voudrais… un crayon et une feuille de papier.

Un peu surpris, Elvyr farfouille dans ses tiroirs et tend au Balafré ce qu'il vient de lui demander :

– Heu… est-ce bien ce qu'il vous fallait ?

Pour toute réponse, le Balafré esquisse une montre de gousset puis il pose le dessin sur le comptoir :

– Connaissez-vous cet objet ?

L'homme aux jambes de bouc s'empare du papier pour mieux examiner le tracé de la montre…

– Voyons… Descends de là, Ashtraka, tu me gênes ! Ah… Un modèle étranger… Forme peu classique… facture dix-neuvième. Oui, il se peut que j'en aie vu une semblable aujourd'hui même.

– Qui la portait ?

– Un chat, monsieur… Pardon, mais, au fait, à qui ai-je l'honneur ?

– On me nomme le Balafré. Poursuivez.

– Fort bien. Après tout, vous êtes un ami d'Harry. Ça me suffit. Un chat, donc. Ashtraka s'est occupée de lui… N'est-ce pas, ma jolie ?

L'hermine approuve d'un petit cri grinçant, puis vient se frotter aux pieds du Balafré.

– Amusant, note Elvyr, généralement, elle se méfie des clients…

– Venez-en au fait, s'agace le Balafré. Je ne suis pas là pour bavarder. Ce chat est un voleur doublé d'un meurtrier. Que voulait-il ? Que lui avez-vous donné ?

– Oh… trois fois rien, bafouille Elvyr déstabilisé, une petite fiole qui lui plaisait. C'était difficile de la lui refuser…

– Comment ça ? tonne le Balafré. Vous ne pouviez pas refuser une fiole à un chat ?

– À un simple chat, oui… Mais à un Lord comme lui…

– Lord Duncan Frazer ! C'est lui qui a envoyé ce chat ici ?

– Pardon, soupire Elvyr, il semble que vous m'ayez mal compris. Ce chat n'était pas envoyé par Lord Duncan. Ce chat était Lord Duncan.

OÙ TOUT LE MONDE VOIT DOUBLE

Dans les bons vieux locaux de l'agence 3ID, rien n'a bougé... et pourtant, tout a changé. Odeur de cuir, d'encre et de chocolat. Plantes plus très vertes. Rayons de soleil filtrant tant bien que mal à travers des stores de guingois...

– Le coupable rôde dans Ménilville... Je ne serai pas longue, a bluffé Lucile.

Et, sur cette déclaration faussement assurée, elle a pris momentanément congé des Holmes et de leur fantôme héroïque pour foncer inspecter son propre bureau.

"Le coupable rôde dans Ménilville... se répète Lucile. Et c'est ici qu'il a écrit la fin du manuscrit."

Perplexe, elle examine la vieille Underwood du Balafré. Pouvait-elle une seconde soupçonner son fidèle associé ? Toutes ces années, Lucile lui avait accordé une confiance aveugle. Sans jamais rien lui demander sur son passé, ni sur sa vie privée. Mais elle réalisait à présent qu'elle ignorait jusqu'à son vrai nom.

Lord Duncan Frazer. Agatha Holmes avait révélé l'identité de son ennemi. Celui-ci ne faisait-il qu'un avec son meilleur ami ?

Impossible. Im-po-ssible.

On ne mène pas un pareil double jeu. Duplicité. Double identité. Double je…

Les mots martèlent. Les mains de Lucile se crispent sur ses yeux. Un kaléidoscope se forme derrière ses paupières. Elle se voit dégringoler sur le ruban de l'Invertigo… Chute à l'infini. Elle crie. Chut ! Un bruit retentit.

C'est la sonnerie.

– Cédric ?

Devant Lucile, Cédric Lelièvre, soupirant éternel, ex-amoureux officiel, se tient, non plus rougissant et bafouillant comme à sa désastreuse habitude, mais livide et muet comme un Butler offensé.

– Cédric, ça va ?… Cédric ! Enlève ces écouteurs, s'il te plaît.

– Lucile…

– Entre, assieds-toi. Tiens, tu veux un bout de chocolat ?… Mais parle, enfin, qu'est-ce qu'il y a ?

– Je viens de me croiser dans la rue.

– Pardon ?

– Je viens de me croiser dans la rue.

– Tu veux dire que tu viens de me croiser dans la rue. Ah, désolée, je ne t'ai pas vu.

– Non, Lucile. C'est moi que j'ai croisé. Cheveux blonds, sweat rayé…

– Bah, je n'y peux rien, moi, si tu t'habilles comme tout le monde. Tu n'as jamais fait preuve d'une grande originalité… Bon, excuse-moi mais je suis occupée, là.

– Attends, Lucile, écoute-moi…

– Pas le temps… On s'appelle, hein ? Merci d'être passé.

Le nez contre la porte que Lucile vient de claquer, Cédric Lelièvre bredouille quelques mots, hébété.

∞

– Allô ! Lucile, il faut que je te parle !

Déboussolée, Lucile écoute la voix du Balafré :

– Je… oui… comment… comment vont Socrate et Harry ?

– Je ne suis plus avec eux. Je t'expliquerai. Retrouve-moi quai du Tonneau-Percé.

Un quart d'heure plus tard, le long du quai désert, Lucile avance, ventre noué, vers la silhouette du Balafré.

"Je me hais, se dit-elle. Je ne peux pas le suspecter. Pas lui…"

D'un geste brusque, le Balafré sort un foulard de sa manche :

– Devine d'où je viens ?… Mandrakologie… Elvyr Ozbaum… Une adresse du magicien.

– Connais pas, bredouille Lucile en reculant d'un pas. Un rapport avec le chat ?

– L'ennemi des Holmes en personne…

– Toi ?

– Mais non, pas moi ! Le chat. Allons, concentre-toi !

Un banc ! Ouf, Lucile s'assoit pour lutter contre le tournis :

– Je ne sais plus où j'en suis. Que m'as-tu dit ?

– Écoute, Lucile, pour moi aussi tout ceci est à peine concevable, mais, puisque tu as admis l'existence des majordomes fantômes… tu dois pouvoir comprendre qu'Hercule le chat est un homme.

– Un homme réincarné en chat ?

– Oui, voilà.

– Je ne te crois pas.

– Très bien. Avoue au moins que ce chat a des capacités hors du commun… Et parmi elles, celle de finir un roman volé sur ma machine à écrire.

– Justement, je…

– Tu, quoi ? Lucile, Elvyr Ozbaum a reconnu le Chronogyre. Et il a reconnu son voleur : Lord Duncan Frazer. L'ennemi des Holmes portait la montre de gousset quand il est entré dans son magasin…

– Mais… mais que cherchait-il ?

– Une fiole de démon néphilin.

∞

18h30. Une rumeur emplit le passage Pondichéry. Impossible de faire du lèche-vitrine tant la foule est dense sur les grands boulevards. Les talons impatients claquent sur les losanges du carrelage noir et blanc, les parapluies refermés s'entrechoquent, quelques baisers furtifs tentent de distraire l'attente… Ce soir, la salle sera comble au Cabaret Miroir.

Au milieu des coquettes endimanchées, un quatuor improbable se faufile avec difficulté :

– Assistants personnels de M. Pastrami, laissez passer ! lancent Lucile et le Balafré.

– Pardon… pardon, répète Allison en écrasant sciemment les pieds les plus agaçants.

– Plus vite, bougonne Agatha, vous n'auriez jamais dû laisser Harry seul là-bas…

Le Balafré ne relève pas. Il a déjà expliqué plusieurs fois toute l'histoire à Agatha. Jambes de bouc et démon en bouteille inclus.

La porte dorée n'est plus très loin mais… sur son seuil, une vision plus horrifique encore que celle des pattes velues d'Elvyr Ozbaum l'arrête net.

Là, au milieu d'une horde de photographes enchantés de tirer parti de la façade grandiose du cabaret, plastronne l'inopportun…

– Gornaz ! Que faites-vous ici ? Et tout ça, c'est quoi ? Une conférence de presse ?

Dans la confusion qui s'ensuit, le Balafré comprend que c'est précisément ce dont il s'agit. Son piètre concurrent n'est pas peu fier d'avoir résolu une affaire incriminant le célèbre magicien. Pour mieux fêter son succès autoproclamé, il a convié au cabaret tout ce que la ville compte de journalistes en mal de scoops. Parmi eux, Lucile reconnaît Zacharie White du Ménilniouze, un ami. Une chance ! Avec son aide et celle d'Agatha, à coups de "cette-histoire-est-un-malentendu" et de "ceci-est-une-affaire-privée-prière-de-circuler" (ça, c'est le Balafré qui s'en est mêlé), les journalistes sont peu à peu dispersés.

Lucile soupire, soulagée. Dans la foule, elle aperçoit Cédric Lelièvre mais il n'est guère question de revenir en arrière. La porte du cabaret s'est ouverte à eux quatre, pour un instant seulement, laissant la cohue fébrile à son piétinement.

OÙ LES ILLUSIONNISTES ENTRENT EN SCÈNE

C'est bien un oiseau blessé qu'ils s'étaient attendus à retrouver... Mais pas en la personne d'Harry Pastrami, l'illustre magicien, pour lequel tout le monde, là, dehors, a réservé une place au prix fort. Posé de travers sur une chaise, fragile et volatile.

– Harry ! le presse Agatha d'une voix vibrant d'inquiétude, il faut vous préparer !

Harry lève des yeux vagues, révélant Socrate qu'il berce d'une main, l'autre tenant une petite pipette d'eau.

– Il ne boit plus, annonce-t-il étrangement calme. Il ne prend plus rien. Ça n'est pas bon signe, hein ? Ça n'est pas bon signe.

Lucile sent son cœur se serrer pour celui que, ce matin encore, elle interrogeait dans un face-à-face musclé. Elle voudrait pouvoir rafistoler ce petit corps brisé pour rendre à Harry Pastrami sa combativité.

– Il n'est pas déshydraté, diagnostique le Balafré après une rapide vérification. Il s'accroche.

– Votre costume, Harry, insiste Agatha comme si elle s'adressait à un enfant rétif. Allons. L'heure est venue. Il ne s'agit pas de flancher maintenant.

– Et l'Invertigo ?

– Sur scène, avec vous. C'est la seule solution pour assurer sa protection.

∞

Un œil immense ouvert sur l'infini. Voilà ce qu'est la Grande Salle du cabaret.

Une première scène en dessine la circonférence. La fosse du public en est l'iris changeant. Et le cœur de scène, au centre, où trône l'Invertigo, la pupille hypnotique.

Le jeu des miroirs placés tout autour prolonge la vision sans limites. Même des coulisses, d'où Lucile observe, l'effet est étourdissant.

Ils sont arrivés là par un passage dissimulé dans le décor, derrière une porte indécelable. Il paraît que ça s'appelle une traboule et que le cabaret en est truffé. Par où ont "traboulé" les spectateurs pour gagner leurs places ? Lucile ne saurait le dire.

Froissements d'étoffes et cris chuchotés, le temps est celui, suspendu, de l'avant-spectacle et de son excitation bavarde. Lucile passe les visages au crible de son sixième sens de détective. Est-il possible que parmi les sourires et les froufrous se cache dans l'ombre l'ennemi juré de la famille Holmes, Lord Duncan Frazer en personne ?

Comme en écho à ses pensées, le Balafré s'est approché :

– Le démon néphilin a pu lui donner n'importe quel aspect. Pour une poignée d'heures. Tout le monde est suspect.

"Tout le monde est suspect", se répète Lucile. Même un chat qu'on croyait débonnaire. Même son indéfectible partenaire ?

Encore ébranlée par ses inavouables soupçons, elle s'efforce de chasser ces pensées parasites.

∞

Inspectant méthodiquement les rangées, le Balafré est très crédible en agent de sécurité. Ça y est, les lumières s'éteignent. L'assemblée retient son souffle, avant de frémir au diapason d'une indescriptible litanie. Le Balafré a entendu parler de la célèbre *Mélopée des chimères* d'Harry Pastrami. Mais il n'aurait pu imaginer une musique aussi étrange, drôle et mélancolique à la fois, un son de cornemuse désaccordée. Nimbé d'un halo lumineux, Harry apparaît en plein vol. Ses mains ne touchent pas son curieux instrument en forme de chandelier mais font vibrer l'air au-dessus d'invisibles accords. Il a repris contenance et impressionne par sa prestance, même si la pâleur de son teint rivalise avec son col immaculé.

Puis l'éclairage révèle sept autres Harry en lisière de la salle. Le Balafré ne saurait dire où est le vrai et où sont les reflets. Le numéro du magicien est époustouflant. Allison, assistante d'un soir, sort de son chapeau une myriade d'accessoires, fleurs, foulards, ampoules, baguettes, qu'Harry fait planer, se multiplier, disparaître à l'envi. Alors qu'Allison est envoyée dans le public chercher les effets personnels de volontaires, le Balafré se raidit : cet homme au second rang cacherait-il son jeu ? Ce vieillard derrière n'a-t-il pas regardé dans sa direction ? Mais le spectacle suit son cours.

Bouche bée, ensorcelée, Lucile a bien du mal à rester concentrée sur sa mission. Toujours en coulisses, elle

contemple chacun des enchantements d'Harry et de ses sept reflets. Voilà qu'une cage à oiseau est placée sous une étoffe et qu'Harry demande à des enfants du public de venir en tester la solidité.

– C'est le tour de la cage envolée, indique Agatha. D'habitude, elle n'est pas vide.

Lucile devine que Socrate doit particulièrement manquer au magicien à ce moment précis. Machinalement, elle caresse dans sa poche la tête de l'oiseau sur lequel elle a promis de veiller pendant le spectacle.

Mais, vide ou pas, l'ascension de la cage dans les airs, puis sa subite évaporation sous le nez des participants, restent une performance ahurissante, applaudie à tout rompre.

Pour le tour suivant, Harry annonce qu'il a besoin d'un spectateur. Un volontaire pour léviter au-dessus du miroir extraordinaire… au risque de se perdre à jamais dans sa spirale infernale !

Lucile interroge Agatha du regard.

– Une mise en scène, bien sûr, souffle la vieille dame. Harry n'utiliserait pas réellement l'Invertigo.

Dans le sillage d'Allison s'avance une silhouette familière. Pull rayé, cheveux blonds…

"Encore lui !" s'étonne Lucile.

Décidément, ce Cédric est prêt à tout pour attirer son attention !

Puis il lui vient une pensée troublante. Comment son ex-petit copain savait-il qu'elle serait au cabaret ? Elle ne lui en avait pourtant jamais parlé. Au même instant, elle remarque l'ombre anormale que projette Cédric dans l'allée. Une ombre dissonante, une ombre animale…

– Frazer !

OÙ LE TEMPS S'ARRÊTE ET OÙ LA COURSE COMMENCE

L'esprit connecté, le Balafré a bondi dans le même mouvement que son associée. Mais il a toute la longueur de la fosse à traverser, contre seulement quelques foulées pour Lucile.

Quelques foulées qui paraissent une éternité...

À la première, la détective atteint le marchepied du cœur de scène. Allison s'est retournée. À la deuxième, Cédric/Frazer sort la montre de gousset de James Butler. À la troisième, il fait décrire à l'Objet un 7 parfait. Le Balafré voit Harry se précipiter. Dans l'Invertigo, le tracé lumineux du chiffre s'unit à son propre reflet. À la quatrième, Lucile entend :

– Le temps suspend l'instant présent.

Elle plonge en avant. Le Balafré veut crier :

– Luuuu…

À la cinquième foulée, le temps s'est arrêté.

Littéralement. Indiscutablement. Lucile, qui a agrippé le pull du faux Cédric au dernier moment, en est sonnée. Autour d'eux, toute la salle s'est pétrifiée. Harry à deux pas, le Balafré au loin, les lèvres étirées en un cri figé.

Seuls Lucile, Allison et Cédric/Frazer gardent la capacité de se mouvoir. L'une serrant toujours le pull du garçon et l'autre le tenant par le bras.

– Vous n'auriez pas dû… menace l'ennemi des Holmes en fouillant dans sa manche.

Allison sort un poignard en os effilé de sous son chapeau :

– C'est ça que vous cherchez ?

– Beau réflexe, souffle Lucile.

– Bof, soupire Allison, j'aurais pu directement récupérer…

– Le Chronogyre ! hurle Lucile. Stop !

∞

Sans demander son reste, le clone de Cédric Lelièvre a décampé. Sous les regards gelés des spectateurs, semblables à des mannequins de cire, une course-poursuite s'engage. L'image de Cédric se reflète dans les miroirs. Avec un fuyard multiplié par huit, l'effet enchanteur de tout à l'heure prend un tour machiavélique.

– Allison, pars de ce côté.

Lucile fonce successivement sur chaque Cédric/Frazer de son périmètre mais tous s'avèrent des leurres.

– Attention !

Allison, elle, a trouvé le bon. Ou serait-ce le bon qui l'a trouvée ? Il lui plaque la main sur la bouche et bascule avec elle de l'autre côté d'un pan de décor cuivré.

– Une traboule !

Lucile s'engouffre illico à leur suite dans un couloir délirant dont les coudes et les angles dérobent sans cesse à sa vue le fugitif et sa proie. Voici enfin l'issue…

Derrière la porte, Lucile est revenue à son point de départ dans la Grande Salle. À moins qu'elle ait débouché à l'opposé de la pièce, comment savoir ? C'est à en perdre sa lucidité. Le public est toujours aussi effrayant de rigidité. Mais bien plus glaçant est le spectacle qui l'attend sur le cœur de scène.

Il semblerait que Cédric/Frazer ait récupéré son poignard. Il le tient serré contre le cou d'Allison, étonnamment frêle sans son chapeau tombé à terre. Son agresseur s'adresse à Lucile :

– On se calme à présent. Je vous veux aussi sage que ces messieurs du premier rang.

OÙ L'INFINI TOUCHE À SA FIN

Gagner du temps, d'urgence. Drôle de nécessité, vu les circonstances.

– OK, rien ne sert de courir, pas vrai ? lance Lucile. Si vous me disiez plutôt ce que vous avez en tête ? Pourquoi avoir activé le Chronogyre, pourquoi face à l'Invertigo ?

– Rien qui vous concerne, rétorque Frazer. Les 7 minutes 42 sont presque écoulées. Et je ne souhaite pas vous avoir dans les pattes à ce moment-là.

– Les pattes, hein ? C'est d'avoir vécu en chat tout ce temps ? Pas que je veuille critiquer, mais êtes-vous sûr que le physique de mon ex-copain soit une meilleure idée ?

Il mord à l'hameçon :

– Ce n'est que provisoire. Cet insupportable avilissement a assez duré. Bientôt, j'aurai retrouvé mon apparence et ma dignité... Grâce à l'action du Chronogyre, je dois pouvoir briser la malédiction de l'Invertigo : arrêter le temps cyclique, rompre la spirale infernale des réincarnations...

À cet instant, Lucile sent une palpitation du côté droit. L'émotion ? Non, Socrate ! Elle l'avait complètement oublié. Surtout, ne rien laisser paraître.

– La spirale infernale des... j'y suis : utiliser l'Invertigo n'est pas sans conséquences, c'est cela ? Vous vouliez l'immortalité...

– Restez à distance, vous êtes prévenue.

– ... vous êtes revenu en chat. Et avant ça, déjà à moitié bête, n'est-ce pas ? Le terrible homme-loup qui a hanté les rêves d'Agatha...

Allison déglutit et ose :

– Lucile, nous devons nous réfléchir dans le Miroir pour sortir de la dimension Chronogyre, sinon...

Une pression plus forte sur sa trachée dissuade Allison de continuer. Lucile a peur de comprendre. Dans sa poche, elle sent maintenant l'oiseau miraculé s'agiter. Elle le retient d'une main.

– C'est cela que vous attendez ? La fin du décompte, pour reparaître devant l'Invertigo sous votre véritable aspect... Eh ben, ça promet d'être le clou du spectacle.

Le clone de Cédric ricane :

– Un juste retour des choses pour avoir vécu dans l'ombre toutes ces années.

– Mais nous, dans tout ça ?

– Vous ? Vous allez au diable. Errer dans les limbes à l'infini. Je vous ai assez vues pour toute une vie.

Allison jette un coup d'œil sur le Chronogyre :

– Lucile, il reste 10 secondes !

– Silence. Vous, ne bougez pas de là. Ça ne sera pas long, allez… juste l'éternité.

Cédric/Frazer s'est à demi tourné vers le gigantesque miroir.

Tout se passe alors très vite. Lucile libère Socrate qui se jette sur Frazer en battant furieusement des ailes. Surpris, celui-ci lâche un instant sa prise, juste assez pour que Lucile puisse intervenir. Elle entoure Allison de ses bras en projetant avec force le faux Cédric hors du champ de l'Invertigo. Un dernier regard vers le visage voilé de désarroi de son ancien amoureux, et…

Brutal retour à la réalité. Cacophonie du monde qui reprend sa course. Vertige et nausée.

∞

– … ciiiiiile !

– Chuuuut !

Au troisième rang, une spectatrice est outrée. Pour qui se prend-il, ce malotru, à hurler en plein spectacle ?

Dans la salle, une clameur s'élève pour saluer ce qui restera dans les mémoires comme le tour le plus exceptionnel jamais réalisé dans le cabaret. Sous des centaines de paires d'yeux éberluées, entre les deux jeunes filles qui l'accompagnaient, le spectateur volontaire s'est volatilisé, alors même qu'un pigeon sorti de nulle part s'est matérialisé. Le magicien lui-même n'a pas l'air d'en revenir.

Allison, bouleversée, ne semble guère goûter les applaudissements. Par réflexe, elle se jette sur son chapeau et en inspecte le contenu. Le Chronogyre… Qu'est-il advenu du Chronogyre ?

Devant elle, Lucile sourit et balance doucement la montre de gousset à sa main :

– Magie…

OÙ L'ON DISCUTE DU PASSÉ ET DE L'AVENIR

– On n'aurait pas pu, plutôt, aller chez Fredo ?

– Cesse un peu de bougonner, murmure Lucile au Balafré, ça a du style, ce club. Et Agatha tenait beaucoup à nous y inviter…

– Du style ? Même le plafond est tapissé ! Et tous ces tableaux qui nous regardent comme si on les dérangeait…

– Celui-ci te ressemble, rétorque Lucile à voix haute pour le taquiner. Il a ton air aimable… Un lointain ancêtre, peut-être ?

– Ewan Mac Floherty.

– Pardon, souffle le Balafré à Agatha, vous avez dit ?

– Ewan Mac Floherty. Un ami de mon grand-père. Mais... Non, oublions ça. Je ne veux plus parler des trois Objets et de leurs gardiens. Cette soirée a été si éprouvante. Quand je pense que sans vous, Miss Finemouche...

– Et sans Socrate, précise Harry.

– Hum... humm, toussote Allison.

Agatha s'arrête dans un petit salon aux lourdes tentures et détaille le visage de sa nièce comme si elle la regardait pour la première fois :

– Bien sûr, ma chérie, ton courage t'a rendue digne d'hériter de la Charge... Frazer disparu, le Chronogyre ne devrait plus être menacé, si ce n'est...

– Si ce n'est par tes propres désirs, termine Harry. Allison, garde toujours ceci présent à l'esprit : désormais, tu es ta propre ennemie. La tentation d'utiliser les Objets à des fins personnelles est un poison redoutable...

Un grand fauteuil enrobant accueille une Lucile trop épuisée pour remarquer l'œil hagard du Balafré.

– Le temps... intervient celui-ci brusquement, quel rapport le troisième Objet entretient-il exactement avec le temps ? Harry, vous m'avez parlé d'un lien avec le passé...

Lucile se redresse, étonnée : la question est légitime, elle aurait d'ailleurs dû se la poser, mais pourquoi cet accent paniqué dans la voix du Balafré ?

Agatha soupire :

– Le temps passé dessine notre avenir… L'Archéoscript est l'Objet qui permet de le réécrire.

∞

Chaque fois que Lucile Finemouche et le Balafré résolvent une enquête, l'euphorie passagère cède la place à l'agaçant : "Et maintenant, que faire ?"

Invariablement, la réponse tient en six mots : "Aller chez Fredo déguster un mystère."

Mais tandis que les deux détectives accomplissent leur rituel, officiellement baptisé "rituel de conjuration du vide maudit qu'engendrent les énigmes élucidées", tandis qu'autour d'eux la banale réalité a repris ses droits sur un monde où les fantômes horlogers vous apportent le thé, la révélation que vient de faire le Balafré chasse une à une les parcelles de certitudes fraîchement acquises. Lucile en néglige même de commenter les gros titres du *Ménilniouze* à son fidèle associé. Elle n'a qu'une hâte : bombarder de questions celui dont elle vient d'apprendre le vrai nom :

– Dis, Machan Mac Floherty… j'ai l'impression que cette affaire est loin d'être finie…

Grille de codage/décodage griffonnée par Lucile Finemouche à l'agence 3ID.
Code Jules-César.

A	B	C	D	E	F	G	H	I	J	K	L	M
T	U	V	W	X	Y	Z	A	B	C	D	E	F

N	O	P	Q	R	S	T	U	V	W	X	Y	Z
G	H	I	J	K	L	M	N	O	P	Q	R	S

Extrait du manuscrit d'Agatha Holmes,
annoté par Allison Holmes.
Code heptocrypte (1/7).

Jour et nuit ne faisaient qu'un. Elle était hantée par le même fantôme. Son angoisse la maintenait toujours en veille. Elle sentait peser sa sombre menace sur elle. Apparaîtrait-il un jour pour la frapper ? Fallait-il qu'il se montre, à nouveau ?

UN FANTÔME VEILLE
SUR LA MONTRE

Extrait du texte caché du manuscrit L'Araignée dans le miroir *d'Agatha Holmes décodé par Allison Holmes.*

FACE À UNE SURFACE RÉFLÉCHISSANTE L'OBJET SERA ACTIONNÉ. À CET ENDROIT PRÉCIS, LE PORTEUR DEVRA SE TROUVER, UNE FOIS LE TEMPS DE LA DIMENSION ÉCOULÉ. SON REFLET EST GARANT DE SON RETOUR À LA RÉALITÉ. SANS CELA, IL ERRERA DANS LES LIMBES À JAMAIS.

LE TEMPS SUSPEND L'INSTANT PRÉSENT. LA PHRASE DOIT ÊTRE DITE. LE CHIFFRE 7 TRACÉ. LÀ RÉSIDE LA CLÉ. LE POUVOIR DE L'OBJET NOUS DÉPASSE. SON UTILISATION À DES FINS PERSONNELLES EST À PROSCRIRE. LES CONSÉQUENCES EN SONT IMPRÉVISIBLES ET DANGEREUSES. IL EST TROP DE CHOSES QUE NOUS IGNORONS DU POUVOIR DES OBJETS QUI NOUS ONT ÉTÉ CONFIÉS. CHAQUE FAMILLE SAIT TOUT JUSTE CE QU'ELLE A À SAVOIR DE L'USAGE PREMIER DE SON OBJET. SI LES TEXTES DE L'ORDRE ÉVOQUENT LES CAPACITÉS DES OBJETS COMBINÉS, IL EN COÛTERAIT TROP CHER D'EXPÉRIMENTER LES EFFETS DE TELLES ASSOCIATIONS. NOUS DEVONS PRÉSERVER NOTRE OBJET. EN PARTICULIER DE CEUX QU'ATTISE UNE MAUVAISE CURIOSITÉ. POUR PROTÉGER SES SECRETS, NOUS AVONS ÉTÉ DÉSIGNÉS. L'OBJET D'UNE AUTRE FAMILLE EST CACHÉ AU CABARET. C'EST UN MIROIR. NOTRE OBJET EST UNE MONTRE DE GOUSSET. NUL NE DOIT SAVOIR. ELLE EST GARDÉE AU MANOIR. POUR PLUS DE SÛRETÉ, UN FANTÔME VEILLE SUR LA MONTRE.

Notice délivrée pour l'achat d'une fiole de démon néphilin au magasin Mandrakologie.

Envoûtement de démon néphilin

Usage unique

Dans la fiole, pâle lueur,
Un démon néphilin attend son heure.
Famille des métamorphes, branche des esprits farceurs,
Il change votre aspect pour une poignée d'heures,
Pourvu qu'il soit nourri. Un cheveu lui suffit
Ou poil, griffe, écaille, c'est selon votre envie,
Et selon l'animal dont vous prenez l'habit.
Le démon néphilin occasionne insomnies
Vertiges passagers, légers maux d'estomac.
Mais ce ne sont que dérisoires tracas
Face à ce qui arrive si le démon est vu
Au sortir de sa fiole quand il est mis à nu.
Aussi fermez les yeux, vous voilà prévenus,
Une sage réserve évite bien des déconvenues.
Gardez-vous d'oublier, pour rester roi de l'embrouille,
Qu'à minuit le carrosse se transforme en citrouille.

Elvyr Ozbaum

Message placé dans le couffin de Charles Mac Floherty, enfant trouvé.

À qui de droit
Cet enfant est mon fils, Charles Mac Floherty.
Un grand malheur a anéanti sa famille. Je ne peux le garder, je suis moi-même trop en danger.
La machine à écrire qui l'accompagne est un trésor inestimable, tout ce qui reste de son histoire.
Qu'il en soit le gardien et, le moment venu, en confie la charge à ses descendants. Un jour, je veux le croire, ils rencontreront leur destin.

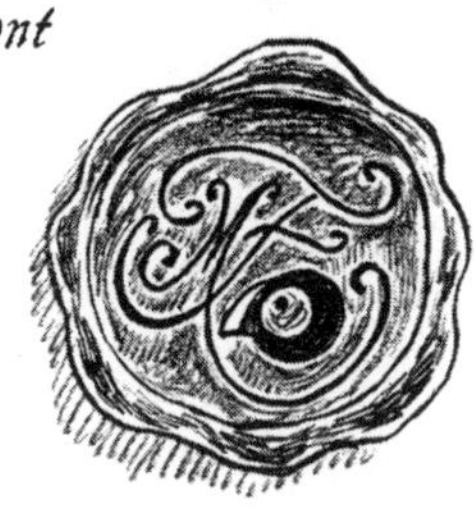

Extraits de l'ouvrage Les Rouages du temps, *livre de la bibliothèque d'Agatha Holmes, par Harold Pastermind, de l'ordre d'Anaximandre.*

De la triple nature du temps

Chronos, Kairos, Aïon : tels sont les noms utilisés par les anciens pour décrire les forces archaïques qui régissent notre univers. Le temps de la continuité, le temps de l'occasion opportune, le temps cyclique sont les trois facettes d'un même Tout. Seule la conjonction des trois conditionne l'avènement de l'Histoire et des trajectoires particulières des êtres.

De l'influence des Objets Chronomanciens sur leurs Porteurs et des altérations qu'ils provoquent

De tels pouvoirs concentrés dans les Objets Chronomanciens ne sont pas sans incidences sur les êtres qui les portent ou les manipulent. Des interférences temporelles peuvent se produire : altérations de la parole, du mouvement, de l'apparence. Les descendants des Porteurs originaux désignés par Anaximandre présentent toutefois une résistance remarquable à ce type de distorsion. Il reste qu'ils sont exposés au terrible pouvoir d'attraction des Objets et à la tentation permanente d'actionner leur capacité spéciale pour leurs propres desseins.

TABLE